KB076216

독서야말로 인간이 해야 할
첫째의 깨끗한 일이다.
다산 정약용

어린 새가 날지 못하는 것은
더 준비하여 날기 위해서이다.
율곡 이이

알면서 실천하지 않는 것은
참된 앎이 아니다.
퇴계 이황

생각하는 대로 된다

생각하는 대로 된다

초판 1쇄 인쇄   2010년 2월 16일

엮은이   김상렬
펴낸이   윤영진

펴낸곳   아인북스
등록번호   305-2008-00019
주소   서울시 종로구 내수동 72 경희궁의 아침 3단지 오피스텔 1104호
전화   02-926-3018
팩스   02-926-3019
메일   365book@hanmail.net
블로그   naver.com/bookpd

ISBN 978-89-91042-31-5 03810

다산 정약용·율곡 이이·퇴계 이황 스승이 들려주는 인생독본

내 삶을 뒤흔든 옛 성현의 한마디

생각하는 대로 된다

· 김상렬 엮음 ·

아인북스

진심에서 우러나온
사랑의 말씀들

세상이 빠르고도 무섭게 변하고 있다.

사람들은 길 잃은 도시 한복판에서 사방을 두리번거리며, 땅에 떨어진 삼강오륜이나 미쳐 돌아가는 듯싶기만 한 속도전쟁을 한탄하고, 즐기고, 또는 두려워한다. 언론 매체는 온통 스포츠와 스크린, 무질서한 남녀관계로 도배질되어 있으며, 보이느니 모두가 한탕주의 먹자판, 놀자판이다. 거기에 종사하는 이들이 짐짓 우상으로 대접받는, 도무지 부끄러움이나 예의염치가 없는 이상한 시대에 우리는 살고 있는 것이다. 그러므로 정신병과 암 같은 치유 곤란한 질환은 갈수록 늘어나고, 차마 눈뜨고 볼 수 없는 청소년들의 폭력성이나 탈선행위도 이미 그 한계점을 뛰어넘고 있는 게 아니랴.

따라서 이 '수신독본'을 새삼 오늘에 되살려내려는 이유도 바로 거기에 있다.

누구도 부정할 수 없는 우리나라의 3대 최고 성현인 퇴계退溪와 율곡栗谷, 다산茶山 선생의 주옥 같은 말씀들을 통해, 진정한 우리의 철학과 올곧은 가치관, 참다운 사람의 길을 하루 바삐 모색해야 하기 때문이다.

다행히도 요새 '느림'에 대한 신선한 바람이 일어나고 있거니와, 제주도의 올레길이라든가 지리산의 둘레길, 강화의 나들길 걷기를 포함한 건강한 무공해 녹색운동 열풍은, 한 줄기 희망의 기운을 느끼게도 한다. 하지만 여기에 덧붙여 더욱 강하게 불어야 할 새바람은, 다름 아닌 '도덕 재무장'이다. 진정한 우리의 얼과 삶의 의미를 새로이 되찾고 재정립하자는 것이다.

길을 걷거나 밥을 먹으면서, 또는 일터에서나 학교 공부 중에도, 누구나 늘 몸과 마음에 밀착시켜 생활화될 수 있는 참 '수신독본'이기를 진심으로 빌어본다.

여기에 실린 다산 선생의 글들은, 주로 유배지에서 두 아들에게 보낸 가르침의 편지글들 중에서 가려 뽑았다. 《여유당전서》를 비롯한 산문집에서도 다산정신의 정수精粹만을 골라 함께 실었는데, 춥고 쓸쓸한 귀양살이 중 자식들의 '교육문제'가 너무 걱정되어, 눈물의 회초리를 든 심정으로 띄워 보냈던, 그 매 편마다에 한恨처럼 어리고 서린 아버지로서의 매운 사랑이 어찌 읽는 이의 가슴을 치지 않을 수 있을까.

율곡 선생의 회초리 같은 잠언들은 《격몽요결》과 《학교모범學規》 등에서 주로 추려 다듬었다. 구구절절 옳고 바른 내용으로만 채워진 이 글들을 읽고 있노라면, 단순한 유학자나 경세가로서만이 아닌, 탁월한 교육사상가로서의 덕스러운 선생의 풍모가 단숨에 읽혀진다.

퇴계 선생의 보석 같은 말씀들은, 주로 《자성록》과 《성학십도》에서 가려 뽑은 것이다. 앞의 서책에서는 절친한 그의 글벗이나 문하생들과의 여러 편지를 통해, 때로는 심오한 인생의 경지를, 때로는 올바른 배움에의 길잡이를 비롯한 학문의 의미와 방법, 목적 등을 자상하고 따뜻한 눈길로 설파했고, 뒤의 서책에서는 어질고 덕스러운 임금의 길(王道)에 대한 가르침을 통해, 무엇이 진정 '하늘의 뜻을 받들고, 나라와 백성을 사랑하는' 것인지를 구체적인 도표와 그림까지 곁들이면서 설명해놓고 있다.

그런데 이 《성학십도》의 머리글이나 《자성록》의 편지글들은 다 존경과 애정이 담뿍 담긴 깍듯한 경어체로 되어 있으나, 엮은이는 이를 이즈음의 독서 취향과 이 책의 전체 흐름, 또는 글월의 통일성을 배려하여 읽기 쉬운 평어체로 바꿨으니, 독자분들의 양해를 바라며 착오가 없으시기 바란다.

아울러 한 가지 더 넓고 깊은 양해를 구하고 싶은 점은, 이 책에 실린 세 큰 스승의 심오한 철학적 가르침의 명문名文들을 감히 함부로 생략하고, 다듬었다는 점이다. 본문이 갖고 있는 원래의 뜻과 묘미는 최대한 다치지 않으면서 살리되, 자칫 낡은 구투로 오도되기 쉬운 옛 낱말이나 문장들을 현대적 감각이나 언어 습관에 맞도록 조심스레 손을 본 것인데, 이는 어디까지나 도덕이 날로 황폐되어 가는 우리 시대 젊은이들에게 이 책을 널리 읽히고자 한 출판기획 의도에 따르고자 함이었다.

다시 한 번 기왕의 학덕 높은 관련 연구자들께 깊은 이해 있으시길 바라며, 감사의 마음도 함께 머리 숙여 전한다.

2010년 새봄을 기다리며
공주 함박덕에서, 김상렬

차례

1장 | 다산茶山 **정약용**

2장 | 율곡栗谷 **이이**

3장 | 퇴계 退溪 **이황**

1장 | 다산茶山 정약용

　우리 민족의 큰 스승인 다산 정약용선생은 18년 동안의 길고도 먼 유배생활 중에서도 실로 엄청난 저술활동으로 자신의 실학사상을 확립하고, 이 나라 민초들에게 올바로 나아갈 길을 제시한 분이다.

　또한 두 아들을 한시도 잊지 않은 자상한 아버지이기도 하였는데, 여기에 실린 글들은 주로 유배지에서 그 아들들에게 보낸 교훈적인 편지 중에서 가려 뽑은 것이다.

　《여유당전서》에서도 몇 편을 골라 함께 실었다. 따라서 훌륭한 잠언집이기도 한 이 글들은, 이 시대를 살아가는 데 반드시 금과옥조金科玉條로 삼아야 할 경구이며 명언들이 집약되어 있어서 다산정신의 정수精粹라고 해도 좋을 듯하다.

정약용 丁若鏞

실학의 큰 스승인 다산茶山 정약용丁若鏞은, 1762년 6월 16일, 경기도 양주군 와부면 능내리 마현馬峴에서 태어났다. 열 살 때 이미 《삼미집三眉集》이라는 문집을 낼 만큼 영특했던 그는, 관직에서 물러나 일시 집에 있던 아버지 정재원丁載遠한테서 많은 경서와 역사를 배웠다.

결혼하여 서울로 올라온 뒤 1789년 과거 급제로 벼슬길에 나아간 그는, 겨울철의 한강 배다리를 만드는 데 공을 세우고 《시경강의詩經講義》를 임금께 지어 바쳐 정조의 사랑을 한 몸에 받기 시작했다. 1792년 홍문관 수찬이 되어 왕명으로 화성華城 축조에 참여하면서, 기중기 원리를 이용해 총경비 10만 냥 중 4만 냥을 절약하기도 하였다.

이후 그의 관운은 날로 나아가 경기도 암행어사라든가 동부승지, 병조·형조참의 등으로 열심히 일했는데, 정조가 승하할 무렵인 1800년에 이르러서는 천주학을 신봉했다는 이유로 온갖 박해를 받지 않으면 안 되었다. 그리하여 그는 마침내(1801년 2월) 18년이라는 멀고도 험한 유배생활로 접어들고 말았다. '황사영 백서사건'에 걸려 전라도 강진으로 귀양 간 것이다. 둘째형 약전若銓 또한 신지도로 유배되었고, 셋째형 약종若鍾은 감옥에서 죽었다.

이러한 깊은 슬픔과 역경 속에서도, 그는 기나긴 형극의 세월을 결코 헛되게 보내지 않았다. 《목민심서》를 비롯한 실로 엄청난 저술 활동을 통해 자신의 실학사상 체계를 굳게 확립, 이 땅의 어리석은 지도층이나 민중에게 고루 큰 깨달음을 주었기 때문이다.

다산은 1818년 8월에 귀양이 풀려 9월 14일 고향(말고개)으로 돌아왔다.

1822년 회갑을 맞이해서는 스스로의 묘지명을 지었으며, 사랑하는 글벗·제자들과 함께 금강산을 유람했다. 그리고 이후에도 많은 시를 짓고 학문에 정진하면서 소일하다가, 마침내 1836년 2월 22일에 고향집에서 조용히 눈을 감았다.

시련 속에서 피는 꽃

까치가 반갑게 맞이하는 새해가 밝았구나.

군자는 새해를 맞으면서 반드시 그 마음가짐이나 행동을 새롭게 하려고 한다.

나는 어렸을 적 새해를 맞을 때마다 1년 동안 공부할 과정을 미리 계획해 보곤 했다. 예를 들면 '무슨 책을 읽고 어떤 글을 뽑아 적어야 겠다'는 식으로 미리 작정해 놓고, 꼭 그렇게 실천하곤 했다.

때로는 몇 개월 못 가서 사고가 발생해 계획대로 되지 않을 경우도 있었지만, 아무튼 좋은 일을 행하고자 했던 생각이나 발전하고 싶은 마음은 없어지지 않아 많은 도움이 되었다.

내가 지금까지 너희들 공부에 대해서 수없이 글과 편지로 권했음에도, 너희는 아직 경전이나 도덕, 혹은 예술에 관해 질문해 오지 않고 역사책에 관한 논의도 않으니 어찌된 셈이냐?

도회지에서 자라난 너희들이 어린 시절에 보고 배운 게 문전의 잡객이나 시중드는 하인, 아전들뿐이어서 말씨와 마음씨가 약삭빠르고 비천할 수밖에 없으리라. 이런 못된 말씨와 마음씨가 골수에 박

丁若鏞

혀 착한 행실을 즐기고 공부하려는 뜻이 전혀 없는 것이다.

마음속에 약간의 성의만 있다면 아무리 험한 난리 속이라도 반드시 진보할 방법이 있거늘, 집에 책이 없느냐, 재주가 없느냐? 또한 총명함이 없느냐?

어째서 스스로 포기하려 하는지 모르겠다.

너희 처지가 비록 벼슬길은 막혔다 하더라도, 성인聖人이 되는 일이야 꺼릴 것이 없지 않느냐. 꺼릴 것이 없을 뿐 아니라 과거에만 집착해 공부하는 사람들이 빠지는 잘못을 벗어날 수도 있고, 가난하고 곤궁하여 고생하다 보면 그 마음을 단련하고 지혜와 생각을 넓히게 되어, 세상살이나 사물의 진실과 거짓을 옳게 알 수 있는 장점을 갖게 되는 것이다. 그런 까닭에 율곡栗谷과 같은 분은 어버이를 일찍 여의었으나, 그 어려움을 참고 견디어 얼마 안 가 마침내 지극한 도道를 깨쳤고, 성호星湖(조선 영조 때의 실학자인 이익) 선생께서도 난리를 당한 집안에서 이름난 학자가 되었다. 이분들은 다 당대의 고관대작 집안의 자제들이 미칠 수 없는 훌륭한 업적을 남겼던 것이다.

평민으로 배우지 않으면 단순히 못난 사람이 되고 말지만, 선비 집안의 폐족으로 배우지 않는다면 도리에 어긋나고 비천하고 더러운 신분으로 타락하고 만다.

아무도 가까이하지 않아 결국 세상의 버림을 받게 되고, 혼인길마저 막혀 천한 집안과 결혼할 것이며, 물고기의 입이나 강아지의 이마 꼴을 한 자식이 태어나면 그 집안은 영영 끝장이다.

내가 유배생활에서 풀려 몇 년 간이라도 너희들과 생활할 수만 있다면, 너희들의 몸과 행실을 바로 잡아 효제孝悌(부모에게의 효도와 형제에 대한 우애)를 숭상하고 집안 화목하는 데에 습관 들게 하련만.

철학과 역사를 연구하고 시詩와 도덕을 담론하면서 3, 4천 권의 책을 서가에 진열하련만. 한 1년 정도 먹을 양식을 미리 장만해 걱정 안하고, 과일이나 뽕나무, 채소와 과일, 꽃, 약초 따위를 심어 잘 어울리게 하여, 그것들이 무성하게 자라는 모양을 구경하면 얼마나 마음이 즐거울 것이냐.

마루에 올라 방에 들면 거문고 하나 놓여 있고, 주안상이 차려져 있으며, 투호投壺(화살을 던져 넣을 수 있는 병) 하나, 붓과 벼루, 책상, 도서들이 품위 있고 깨끗하여 흡족할 만할 때, 마침 반가운 손님이 찾아와 닭 한 마리, 생선회 안주삼아서 탁주 한 잔에 맛있는 풋나물 즐겁게 먹으며 옛과 오늘의 일을 논하고 흥겹게 산다면, 비록 폐족이라 하더라고 안목 있는 사람들이 부러워할 것이다. 이렇게 한두 해의 세월이 흐르다 보면 반드시 다시 일어설 남은 빛이 비치게 될 게 아니겠느냐.

이 점 깊이 명심하도록 하여라. 이런 일조차 않을 테냐?

丁若鏞

기준을 세워라

세상에는 두 가지 큰 기준이 있는데 옳고 그름의 기준이 그 하나요,
다른 하나는 이롭고 해로움에 관한 기준이 그것이다.
이 두 가지 큰 기준에서는 또 네 단계의 등급으로 나뉜다.
그것은 요컨대 첫째는 옳음을 지키면서 이익을 얻는 것이 가장 높
은 단계이고,
둘째는 옳음을 지키면서도 피해를 보는 경우이다.
셋째는 그름을 추종하고도 이익을 얻음이요,
마지막 가장 낮은 단계는 그것을 추종하고 손해를 보는 경우이다.

목표를 설정하라

용기는 삼덕三德(사람이 살아가는 데 필요한 세 가지의 덕목. 곧 지智·인仁·용勇을 말함) 중의 하나이다. 인간이 사물을 마음대로 활동하게 만들고 천지를 다스리는 일은 모두 용기의 작용 때문이다

"어진 순舜임금은 어떤 사람이냐? 나도 순임금처럼 될 수 있다"라고 공자의 제자 안연顏淵이 말했는데, 무슨 일을 하려는 사람은 이처럼 용기가 먼저 발동하는 것이다.

한 나라를 움직이는 학문을 얻고 싶을 때, 거기에 특출한 어떤 이를 설정해놓고 그분처럼 되려고 실천하기만 한다면, 결국에는 그렇게 되고 만다.

문장가가 되고 싶으면

"도연명이나 한유韓愈(중국의 문장가로 당송 8대가의 한 사람)는 어떤 사람이냐?"

하면서 열심히 실천에 옮기면 그렇게 될 수가 있다.

글씨 잘 써서 이름을 날리고 싶으면 '왕희지王羲之는 어떤 사람이냐?'에서 시작하여 노력하라.

丁若鏞

하나의 목적이 있다면 그 목표 되는 한 사람을 정해놓고, 그와 같은 사람의 수준에 오르도록 노력하면 그 수준에 이를 수 있다.

이런 것은 모두 용기라는 덕목으로부터 가능한 일이다.

용서하는 사람이 큰 그릇이다

나의 둘째형님은 나의 선생이셨다.

일찍이 말씀하시길,

"내 동생은 단점이 없으나 오직 국량局量(사람을 포용하는 도량과 일을 처리하는 능력)이 좁은 게 흠이다"라고 하셨다.

나는 너의 어머니의 벗인데, 내가 일찍이 이런 말을 한 적이 있다.

"우리 아내는 부족함이 없으나 오직 아량이 좁은 게 흠이다."

너의 아버지와 어머니 자식으로 어찌 산이나 숲처럼 크고 활달한 도량 지니기를 바라겠느냐만, 너는 아무래도 너무나 국량이 좁아 보인다. 이 애비보다 훨씬 더하니 이치상 당연한 노릇이겠다.

나도 일찍이 남의 잘못을 용서해주지 않았는데, 어찌 네가 출렁이는 넓은 강물처럼 남의 잘못을 포용할 수 있겠느냐?

그러나 국량의 근본은 용서해 주는 데 있으니, 용서할 수만 있다면 결국 큰 그릇이 될 수 있느니라.

丁若鏞

시대를 아파하는 시를 써라

시는 마땅히 두보杜甫의 것을 모범으로 삼아야 할 터이다.

모든 시인들의 시 중에 두보의 시가 왕좌를 차지하고 있는 까닭은 《시경》에 실린 시 3백 편의 의미를 그대로 이어받고 있기 때문이다.

《시경》에 있는 모든 시는 충신, 효자, 열녀, 진실한 벗들의 간절하고 진실한 마음의 발로로서, 임금을 사랑하고 나라를 근심하는 내용이 아니면 제대로 된 시가 아니다. 시대를 아파하고 세속을 분개하는 내용이 아니면 시가 될 수 없는 것이다.

따라서 뜻이 세워져 있지 않고, 학문은 설익고, 삶의 큰길을 아직 배우지 못하고, 위정자를 도와 민중에게 혜택 주려는 마음가짐을 지니지 못한 사람은 시를 지을 수가 없다.

너도 그 점에 힘쓰기 바란다.

두보의 시는 역사적 사건을 시에 인용하는 데 흔적이 보이지 않아 스스로 지어낸 것 같지만, 자세히 살펴보면 다 출처가 있으니 두보야말로 시성詩聖이 아니겠느냐?

한유韓愈의 시는 글자 배열법을 모두 출처가 있게 하였으나 어구는 스스로 많이 지어냈으니 그분은 바로 시의 대현大賢(뛰어나게 어질고 지혜로운 사람)이다.

소동파蘇東坡의 시는 구절마다 역사적 사실을 인용했는데 인용한 티가 나고 흔적이 있어 얼핏 보아서는 의미를 알아볼 수도 없으나, 이리저리 살펴보고 인용한 출처를 캐내고 나서야 그 의미를 겨우 알아낼 수 있으니, 그의 시는 시인으로서는 박사라 이를 수 있을 것이다. 소동파의 시는 우리 세 부자의 재주로써 죽을 때까지 시에만 전념한다면 그 근처쯤 갈 수는 있겠지만, 세상에서 할 일도 많은데 무엇 때문에 그런 시짓기나 일삼고 있겠느냐?

그러나 시에 역사적 사실을 전혀 인용하지 않은 채 음풍농월이나 일삼고, 장기나 두며 술 먹는 이야기를 주제로 삼아 시를 짓는다면, 이거야말로 벽지의 시골이나 서너 집 모여 사는 촌선비의 시에 지나지 않는다. 앞으로 시를 지을 때는 역사적 사실을 인용하는 일에 주안점을 두도록 하여라.

우리나라 사람들은 역사의 사실을 인용한답시고 걸핏하면 중국의 일이나 베껴내고 있으니 이 또한 볼품없는 것이다.

아무쪼록 《삼국사기》《고려사》《국조보감國朝寶鑑》《여지승람輿地勝覽》《징비록懲毖錄》《연려실기술燃藜室記述》 및 우리나라의 다른 글속에서 그 사실을 뽑아내고, 그 지방을 고찰하여 시에 인용한 뒤에라야, 후세에 길이 전할 수 있는 좋은 시가 나온다. 그리고 세상에 명성을 떨칠 수 있을 것이다.

우주도 가볍게 다스릴 수 있다

한번 배부르면 살찐 듯하고 배고프면 곧 죽겠다는 듯 참을성이 없다면, 천한 짐승과 우리 인간의 차이가 어디 있을까?

생각이 좁은 사람은 오늘 당장 마음같이 되지 않는 일이 있을 때 의욕을 잃고 눈물을 짜다가도, 다음날 뜻대로 일이 된다면 금방 빙글거리며 낯색을 펴곤 한다. 근심하고 유쾌해하며, 슬퍼하고 즐거워하며, 느끼고 성내며, 사랑하고 미워하는 모든 감정이 아침저녁으로 변하는 것이다. 달관한 사람의 눈으로 본다면 정녕 비웃지 않을 수 없으리라.

그러나 소동파가, "속된 눈으로 보면 너무 낮고, 하늘을 통하는 눈으로 보면 너무 높기만 하다." 하였으되, 일찍 죽는 것과 오래 사는 것을 똑같이 보고, 죽고 사는 것을 한 가지로 보는 것은 너무 높은 생각이다.

모름지기 아침에 햇볕을 빤하게 받는 위치는 저녁때 그늘이 빨리 오고, 일찍 피는 꽃은 그 시들음도 빨리 오는 것이다. 바람이 거세게 불면 한 시각도 멈추어 있지 않는다는 것도 알아야 한다.

세상을 살아가는 사람은, 한때의 재해를 당했다 하여 쉽게 청운의 뜻을 꺾어서는 안 된다.

사나이의 가슴 속에는 항상 가을 매가 하늘로 치솟아 오를 기상을 품고서 천지를 자그마하게 보고, 우주도 가볍게 요리할 수 있다는 생각을 지녀야 한다.

丁
若
鏞

말은 누구에게나 삼가 조심하라

남이 알지 못하게 하려거든 그 일을 하지 말 일이다.

남이 듣지 못하게 하려면 그 말을 하지 않는 것이 제일이다.

이 두 마디 말을 외우고서 실천한다면, 크게는 하늘을 섬길 수 있고 작게는 한 가정을 온전히 보전할 수 있을 것이다.

온 세상의 재난이나 모진 슬픔, 하늘을 흔들고 땅을 움직이는 일이나 한 집안을 뒤엎는 죄악은, 모두가 비밀스러운 것에서 생겨나게 마련이다.

사물을 맞이하고 말을 함에, 그 결과를 깊이 살피도록 하여라.

거듭 당부하는 건 살아가면서 말조심하는 일이다.

전체가 완전해도 구멍만 새면 깨진 항아리와 같듯이, 모든 말을 다 미덥게 하다가도 한마디만 사리에 맞지 않거나 거짓말하면 곧 도깨비처럼 되어버리니, 너희는 정말로 입조심토록 하여라.

말을 실속 없이 과장되게 하는 사람은 남이 믿어주질 않는다.

한결같이 하늘이나 사람에게 부끄럽지 않아야 한다.

육자정이 말하기를,

"우주의 일이란 자기 내부의 일과 같고, 자기 내부의 일은 바로 우주의 일이다."라고 하였다.

하루라도 이런 생각이 없을 수 없나니, 우리의 본분이 애초에 가볍지 않다.

사나이의 마음가짐이란 마땅히 광풍제월光風霽月(비온 뒤에 맑게 뜨는 바람과 달)과 같아서, 털끝만큼도 가린 곳이 없어야 한다.

무릇 하늘이나 사람에게 부끄러운 짓을 아예 저지르지 않는다면, 자연히 마음이 넓어지고 몸이 안정되어 호연지기浩然之氣(하늘과 땅 사이에 넘치도록 가득 찬, 넓고도 큰 원기)가 저절로 우러나온다.

만약 포목 몇 자 동전 몇 닢 정도의 사소한 것들에 잠깐만이라도 양심을 저버린 일이 있게 된다면, 이건 사람의 타고난 마음씨와 겉으로 드러나는 모습을 꺾고 정신적으로 위축받게 되나니, 정말로 주의토록 하여라.

丁若鏞

기술을 배워야 잘 산다

농사 짓는 기술이 썩 좋으면 차지한 논밭이 적어도 생산되는 곡식이 많고, 힘을 적게 들이고도 곡식은 충실하고 아름답다. 그러므로 묵은 땅을 개간해 갈고, 씨앗 뿌려 가꿔 김을 매고, 곡식을 베어 거두어 껍질을 벗기고, 절구에 찧고, 물에 반죽하고, 불을 때서 밥 짓는 일에 이르기까지, 모두 편리해지고 덜 수고롭게 될 것이다.

베를 짜는 기술이 정교해지면, 들어가는 재료는 적으면서도 생산되는 실은 많아지고, 힘들이는 시간은 매우 짧으면서도 베나 명주는 올이 가늘고 결이 아름다워진다. 물에 담가 씻고, 실을 만들어 뽑고, 베를 짜 표백하여 물들이고, 바느질하는 일에 이르기까지, 모두 더 편리해지고 덜 수고롭게 될 것이다.

병기兵器를 다루는 기술이 정교해지면, 공격하고 찌르고 방어하는 병사들의 용맹성을 돕는다. 그리하여 그들의 위태로움을 지켜 줄 수가 있다.

의사의 기술이 뛰어나면 맥을 짚고 병의 증세를 살펴 사람 살리는 일이 쉬워지며, 모든 석공이나 목수, 벼슬아치가 저마다의 직분에 맞는 기술이 정교해지면, 실용성과 건축미가 뛰어난 집과 궁궐을 짓고, 성곽과 배와 수레를 만들어 운용하는 데에 이르기까지, 그 모두가 튼실하고 편리해질 것이다.

따라서 참으로 그 법을 다 터득해서 그대로 실행한다면, 나라는 날로 부유해지고, 군대는 강성해지며, 백성들은 살림이 넉넉해져서 오래 잘 살 수가 있을 것이다.

이러니 어찌 기술을 배우지 않으랴.

큰 흉년이 들어 백성 중에 굶어 죽는 사람들이 많아졌다. 이들 중 하늘을 원망하는 사람도 있는데 내가 보기에 굶어 죽는 사람은 거의가 게으른 사람이 많더구나.

세월이 흘러도 항상 하늘은 게으른 사람을 가장 싫어하는 법이다.

丁若鏞

은혜는 대가 없이 베푸는 것

너희들은 항상 입버릇처럼 말하기를 '일가친척 중에 한 사람도 불쌍히 여겨 돌보아 주는 이가 없다'고 개탄하였다. 또 더러는 '험난한 물길 같다느니, 꼬불꼬불 길고 긴 험악한 길을 살아간다느니' 하며 한탄하고 있는데, 이는 모두 하늘을 원망하고 사람을 미워하는 말투로 마음의 큰 병이다.

너희들이 아픈 데가 있으면 다른 사람들이 돌봐주게 마련이었다. 날마다 어떠냐는 안부를 전해 오고, 안아서 부축해 주는 사람도 있었다. 약을 먹여주고 양식까지 대주는 사람도 있었다. 그러나 이런 일에 익숙해진 너희들이 항상 은혜를 베풀어 주기만 바라고 있으니, 이는 사람의 본분을 망각하고 있는 경우이다.

예나 지금이나 남의 도움만을 받으면서 살라는 법은 애초에 없었다. 마음속으로 남의 은혜를 받고자 하는 생각을 버린다면, 절로 마음이 평안하고 기분이 좋아져 하늘을 저주한다거나 사람을 원망하는 병폐는 없어져 버린다.

여러 날 밥을 끓이지 못하는 집이 있을 텐데, 너희는 한 줌 쌀이라도 퍼다 그 굶주림을 없애 주었는가?

　한겨울 눈이 쌓여 추운 집에는 장작개비라도 나누어 따뜻하게 해 주고, 병들어 약 먹어야 할 사람들에겐 한 푼의 돈이라도 쪼개서 약을 지어 일어날 수 있도록 도와주고, 가난하고 외로운 노인이 있는 집에는 때때로 찾아가 무릎 꿇고 모시며 따뜻한 마음으로 공경해야 하고, 근심걱정에 싸여 있는 집에 가서는 연민의 눈빛으로 그 고통을 함께 나누며 잘 처리할 방법을 함께 의논해야 되는 것이다.

　이런 몇 가지 일도 못하면서, 어떻게 다른 집에서 너희들이 위급할 때 깜짝 놀라 허겁지겁 달려 올 것이며, 너희들이 곤경에 빠졌을 때 달려 올 것을 바라겠느냐?

　남이 어려울 때 자기는 은혜를 베풀지 않으면서, 남이 먼저 은혜를 베풀어 주기만 바라는 것은, 너희들이 지닌 그 오기 근성이 없어지지 않았기 때문이다. 이후로는 평상시 일이 없을 때라도, 항상 공손하고 화목하며 조심하고, 자기 정성을 다해 다른 사람의 환심을 얻는 일에 힘쓸 일이지, 마음속에 보답 받을 생각은 갖지 않도록 하여라.

　뒷날 너희가 근심걱정할 일이 있을 때, 다른 사람이 보답해 주지 않더라도 부디 원한을 품지 말 일이다. 비록 가벼운 농담일망정 '나는 전번에 이렇게 저렇게 해주었는데 저들은 그렇지 않구나!' 하는 소리를 입 밖에 내뱉지 말아야 한다.

　만약 그러한 말이 한 번이라도 입 밖에 나오면, 지난날 쌓아놓은 공덕은 하루아침에 재가 바람에 날아가듯 사라져 버리고 말 것이다.

丁若鏞

세상을 이끌어 가려면

나는 지금까지 살아오면서 세상의 많은 사람을 보아왔는데, 비록 고관대작들이라도 그가 한 말을 공평하게 검토해 보면 열 마디 중 일곱 마디가 거짓말이 있더구나.

너희들은 서울거리에서 자라났기 때문에, 어렸을 때 말씨에 잘못 물든 게 없나 모르겠다. 이제부터라도 거짓말을 않도록 온힘을 기울여라. 서간문 글줄에서 한 자라도 평소 주고받는 말 중 한 마디라도 사실 아닌 게 없도록, 단단히 여미고 반성해야만 우리 조상들의 모범을 본받는 길이 될 것이다. 그분들을 본받으면 입에 비루하고 어긋나는 말이나, 천박한 시장바닥의 말투를 닮지 않게 될 것이다.

도시물 먹은 사람들이 특히 나쁜 거짓말 습성이 간혹 들어있으니, 너희들은 힘써 그런 말버릇을 고치도록 노력하여라.

사람이 집안에서 가장 힘써야 될 일은, 그곳에 따스하고 온화한 기운이 돌도록 하는 일이다. 일가끼리 자리를 같이한다거나 가끔 친한 손님이 찾아오면, 기쁜 마음으로 맞아 대접하고 하룻밤이라도 더 주무시고 가게 하여 마음을 흐뭇하게 만들어야 한다.

만약 단정하게 무릎 꿇고 앉았으되 안부만 묻고 나서는 말없이 웃지도 않고 무뚝뚝하게 대하여 손님을 어색하게 해서, 그 손님이 일어나 가겠다고 만들면 안 된다. 그리고 그냥 가도록 만류도 않거나 보내면서도 문밖으로 나서지 않는다면, 다음번엔 여러 사람이 상대해 주지도 않을 뿐만 아니라, 반드시 평생의 복을 망쳐 버리는 일이 될 터이니 부디 조심토록 해라.

무릇 사대부士大夫(벼슬이나 학식이 높은 사람) 집안의 법도는, 벼슬길에 높이 오르거나 권세를 날릴 때에는 오히려 산기슭에 셋집을 내어 살면서 선비로서의 본색을 잃지 않아야 한다. 그러나 만약 벼슬길이 끊어지면 서둘러 큰 도시에 살면서 문화文華(문명의 호화로운 빛)의 안목을 잃지 않도록 해야 한다.

만약 집안의 힘이 쇠락하여 큰 도시 한복판으로 들어갈 수 없다면, 잠시 그 근교에 살면서 과일과 채소를 심어 생활을 유지하다가, 재산이 조금 불어나면 바로 큰 도시 속으로 들어가도 늦지는 않다.

재앙과 복의 이치에 대해서 옛날 사람들도 오래도록 의심해 왔다. 충성과 효도를 한다 해서 꼭 재앙을 면하는 것도 아니고, 방종하여 음란한 짓 하는 놈이라고 꼭 박복하지만도 않다. 그러나 착한 행동을 하는 것은 복을 받을 수 있는 당연한 길이므로, 군자君子(학덕이 높고 행실이 어진 사람)는 애써 착하게 살아갈 뿐이다.

요컨대 부유하고 귀하고 권세 있는 집안은, 눈썹을 태울 정도의 급박한 재난을 당해도 느긋하게 걱정 없이 지낸다. 그러나 그 재난

丁若鏞

35

이 두려워 먼 시골 깊은 산 속으로 몰락하여 버림받은 집안은, 겉으로는 태평한 듯하지만 마음속에는 항상 근심을 못 떨치고 살아간다.

　그 이유를 살펴보면 이렇다. 대개 그늘진 벼랑 깊숙한 골짜기에서는 햇볕을 볼 수가 없고, 함께 어울려 지내는 이웃은 모두 버림받아 쓸모없는 사람들로, 원망하는 마음만 가득 차있기 때문이다. 그래서 그들이 가진 식견이란 실속 없고 비루한 이야기뿐이다. 그들은 사람들한테서 멀리 떠나 영영 다시 돌아올 수 없게 된다.

　진정으로 바라노니, 너희들은 항상 마음을 화평하게 하여라. 그리고 벼슬길에 있는 사람들과 다르게 생활해서는 안 된다. 너희 자손 대에 이르러서는 과거에 응시할 수 있으리니, 늘 나라를 이끌며 세상 구제하는 일에 뜻을 두도록 하여라.

　천리天理(자연의 이치, 곧 하늘의 뜻)은 돌고 도는 것이니, 한번 넘어진 사람이 반드시 다시 일어나지 못하는 게 아니다. 만약 하루아침의 분노를 이기지 못하여 서둘러 먼 시골로 이사가 버린다면, 무식하고 천한 백성으로 일생을 마치고 말 따름이다.

효도와 우애가 삶의 근본이다

몸을 닦는 일은 효도와 우애로써 근본을 삼아야 한다.

효도와 우애에 자기 본분을 다하지 않으면, 비록 학식이 높고 문장이 찬란하며 아름답다 하더라도, 토담에다 색칠해 놓은 것에 지나지 않는다. 자기 몸을 엄정하게 닦아 놓았다면 그가 사귀는 벗도 자연 단정한 사람이어서, 같은 기질로 인생의 목표가 비슷해져 친구 고르는 일에 특별히 힘쓰지 않아도 된다.

이 늙은 아버지가 세상살이를 오래 경험하였고, 또 어렵고 험난한 일을 고루 겪어보아 사람들의 심리를 두루 알게 되었는데, 무릇 천륜에 야박한 사람은 가까이해서는 안 된다. 결코 믿을 수가 없다.

그가 비록 충성스럽고, 인정 많고, 부지런하고, 민첩하여 온 정성을 다해 나를 섬겨 주더라도 절대 가까이 해서는 안 된다. 그는 끝내 은혜를 배반하고 의리를 잊어 먹는다. 아침에는 따뜻이 대해 주다가도 저녁에는 차갑게 변하고 만다.

모름지기 온 세상에서의 깊은 은혜와 의리는 부모형제보다 더 두터운 것이 없는데, 그들이 부모형제를 그처럼 가볍게 버릴 때 벗들에겐 어떠하리라는 것쯤 쉽게 알 수 있으리라. 너희는 이 점을 반드시 기억해 두도록 해라.

무릇 불효자는 가까이하지 말고, 형제끼리 우애가 깊지 못한 사람도 가까이해서는 안 된다. 사람을 알아보려면 먼저 그 가정생활이 어떤가를 살펴보면 된다. 만약 옳지 못한 점을 발견할 때는 돌이켜 자기 자신에게 비춰보고, 나도 저러한 잘못이 있지 않나 조심하면서 자신은 그렇게 되지 않도록 단단히 노력해야 한다.

네 자신의 주인이 되어라

옛 성현들이 말씀하였다.

"그 자리에 있지 않고서는, 그 일에 대해서 논論(잘잘못을 따지어 말함)하지 않는다."

《논어》와 《주역》에서도 '군자는 생각하는 범위가 그 자리에서 벗어나지 않는다'고 하였다.

돌이켜 보면 그때는 나이가 어리고 식견이 얕아 이런 성현의 뜻을 알지 못했었다.

아아, 지금 후회한들 어쩔 수 없는 일이구나.

임금을 섬길 때는 임금의 존경을 받아야지, 임금의 총애를 받는 사람이 되는 건 중요하지 않다. 또 임금의 신뢰를 받는 게 중요하지, 임금을 기쁘게 해주는 사람이 되는 게 중요하지 않다.

아침저녁으로 가까이 접근하여 임금을 모시고 있는 사람은 임금이 존경하는 사람이 아니며, 시나 글을 잘하고 재주를 가진 사람도 임금이 존경한다고 할 수 없다. 글씨를 민첩하게 잘 쓰는 사람도 그렇고, 얼굴빛을 살펴 비위를 잘 맞추는 사람, 벼슬 버리기를 어려워하는 사람, 차림새가 단정하지 못한 사람, 권력자에게 이리저리 붙는 사람을 임금은 존경하지 않는다.

경연經筵(임금 앞에서 경서를 강론하는 자리)에서 온화하게 말을 주고받고, 일을 처리할 때 비밀히 부탁하고, 임금이 마음속으로 믿고 의지하여 서신이 자주 오가고, 하사품이 자주 내려질지라도 그런 것을 총애나 영광으로 믿어서는 절대 안 된다.

그러면 뭇사람들이 노여워하고 시기하게 되니, 결국은 재앙이 따르게 마련이다.

그런 때 오히려 승진도 못하는 이유는 무슨 까닭이겠느냐?

임금 또한 늘 혐의 받는 것을 피하려 하기 때문이다. 그런 신하는 임금이 애첩같이 다루고 노예처럼 부려 먹으므로, 혼자서만 매우 고달프고 힘들기만 하지 등용되기는 쉽지 않다.

그래서 순수한 자기 실력으로 진출하는 선비가 가장 좋은 것이다.

절개는 목숨보다 강하다

지위가 아주 낮은 벼슬에 있을지라도 신중하고 부지런하게, 온 정성을 다해서 맡은 일을 완수해야 한다.

공무 책임자의 지위에 있을 때는 아무쪼록 날마다 적절하고 바른 의견을 올려서, 위로는 나라의 잘못을 비판하고 아래로는 백성들의 고통상이 알려지게 해야 한다.

더러는 잘못된 관리들을 물러나게 하는 일도 주저치 말아야 한다.

모름지기 지극히 공정한 마음으로 공무 책임자의 직책을 행사하여, 탐욕스럽고 비루하고 음탕하며 사치하는 일에는 당연히 손을 써 조치해야 한다.

자기에게 유리하게만 의리를 인용해서는 안 되고, 자기 편만 옹호하거나 자기와 다른 편을 공격하는 일을 해서, 엉뚱하게 남을 구렁텅이 속으로 밀어 넣어서는 안 된다.

벼슬에서 해직된 때에는 그날로 고향으로 돌아가야 한다. 아무리 절친한 벗들이나 동지들이 머물러 있으라 간청해도, 그 말을 들어서는 안 된다.

집에 있을 때는 오로지 독서하고 예의범절을 익히며, 꽃을 심고 채소를 가꾸며, 냇물을 끌어다가 연못을 만들고, 돌을 모아서 동산을 쌓아 선비생활을 즐기는 것이다.

가끔 시골의 한가한 벼슬길로 나갈 때에도 자애롭고 어질게 일하는 것은 물론, 청렴결백하도록 힘써서 아전들이나 백성 모두가 편하도록 해야 한다. 나라가 큰 난리를 당했을 때는 쉽건 어렵건 꺼리지 말며, 죽음을 무릅쓰고 절개를 지키도록 해야 한다.

이렇게 하는 사람을 임금이 어찌 존경하지 않을 수 있겠는가. 이미 존경한다면 어찌 신뢰하지 않을 수 있겠는가.

얼굴은 운명의 거울

얼굴은 버릇으로 해서 변하고, 세력은 얼굴로 해서 이루어진다.

그런데도 흔히 그 관상이니 사주니 말하는 자가 있는데, 이는 망령스럽다. 어린아이가 엉금엉금 길 때의 얼굴을 보면 모두 아름답기만 하다. 그러나 자람에 따라 무리로 길러지면서 버릇이 길러지고, 버릇이 갈라지면서 얼굴도 따라 변한다. 서당에서 글을 배우는 무리는 얼굴이 아담하고, 시장바닥의 무리는 얼굴이 검다. 짐승 치는 무리는 얼굴이 텁수룩하고, 도박 좋아하는 무리는 얼굴이 성낸 듯 하면서 영악하다.

대개 버릇이 오래 가면 성질도 그쪽으로 나날이 옮겨지는데, 그 마음속에 있는 것이 성실하면 겉으로도 나타나게 된다. 사람이 그 얼굴이 변한 것을 보고는 '얼굴이 그러므로 그 버릇이 그렇다' 하지만, 그것은 틀린 말이다.

대체로 학문을 익힌 자는 사물의 이치와 도리를 판단하는 데에 재주가 있다.

장사 솜씨를 익힌 자는 재화를 모으는 데에 재주가 나고, 노동을 익힌 자는 끝내 비천하다. 나쁜 짓을 익힌 자는 마침내 패망하게 되는데, 익힘은 재주와 함께 진전함으로써 재주는 얼굴과 더불어 변화하게 된다.

사람들은 얼굴이 변한 것을 보고 또 말하기를 '얼굴이 그런 까닭으로 그 재주가 저와 같다'고 한다. 아아, 어찌 그리 어리석은가.

아이의 눈동자가 빛나면 부모가 말하기를 '이 아이는 학문을 시킬 만하다' 하여, 그 아이를 위해서 책을 사들이고 스승을 정해준다.

선생은 '이 아이는 가르칠 만하다' 하여, 그 아이에게 붓과 먹, 책상을 더 주게 된다. 그러면 아이는 더욱 부지런해져서 나날이 배움에 힘껏 정진한다.

선비가 '이 사람은 일을 시킬 만합니다' 하며 천거하고, 또 임금이 그 사람을 보고 '이 사람은 총애할 만하다' 한다. 허락하고 칭찬하고 발탁하여 잠깐 동안에 재상宰相이 된다.

아이의 뺨이 두툼하면 부모가 '이 아이는 부자가 될 만하다' 하여 살림살이를 더욱 얹어주고, 부자가 이를 보고 '이 사람은 부릴 만하다' 하여 자본을 더욱 더 주게 된다. 아이는 더 부지런해져서, 나날이 힘써 장사를 잘하게 된다. 시장 가게에 물건을 두둑하게 정리해 쌓아두었는가를 살펴보고 객주客主(상인의 물건을 위탁받아 팔거나 매매를 소개하는 사람, 또는 그런 상행위를 치르는 영업소)로 삼는다. 자신은 계속 발전하는데 거기에 또 남들이 도와주니 잠깐 동안에 큰 부자가 된다.

아이가 눈썹이 덥수룩하고 콧구멍이 밖으로 드러났으면, 그 부모와 스승들이 아무리 키우고 생각해 도와주더라도 모든 것이 이것과 반대니, 그 몸이 어찌 부귀해질 수 있겠는가. 이와 같은 것은 얼굴로 해서 그 힘을 이루었고, 힘으로 해서 그 얼굴을 이루게 된 것이다.

그런데 사람들은 그 얼굴이 생긴 것을 보고 또 말하기를 '얼굴이 저렇게 생겨서 이룬 것이 저와 같다' 하니, 아아, 어찌 그리 어리석지 아니한가.

세상에선 뛰어난 재주와 덕을 가지고도 운수가 막히고 궁해서, 그 덕과 재주를 펴지 못하는 자가 있으면 얼굴을 탓한다.

한편으로 일반인이 관상법을 믿으면 그 직업을 잃게 되고, 지도자가 관상법을 믿으면 그 벗을 잃게 되고, 임금이 관상법을 믿으면 그 신하를 잃게 됨을 명심하라.

丁若鏞

간사한 사람을 다스리는 법

아랫사람이 반드시 간사한 것만은 아니다. 오히려 간사하도록 시키는 것은 법이다.

간사한 짓이 일어나는 것을 모두 헤아리기는 쉽지 않다.

무릇 맡은 일은 작은데 재주가 넘치면 간사해지고, 지위는 낮은데 지식이 높으면 간사해지고, 수고한 것은 적은데 소득이 빠르면 간사해지고, 누군가 홀로 그 자리에 오래 있는데 그를 감독하는 사람이 자주 갈리면 간사해지고, 자기를 감독하는 사람이 반드시 정직한 자가 아니면 간사해지고, 제 패거리가 아래에 많은데 윗사람이 외롭고 지혜롭지 못하면 간사해지고, 나를 미워하는 자가 나보다 약해서 두려운 마음 때문에 고발하지 않으면 간사해지고, 내가 꺼리는 자도 다 같이 법을 어겼는데 서로 숨기어 고발하지 않으면 간사해지고, 형벌이 가벼워서 염치를 세우지 못하면 간사해지고, 혹은 간사한 게 지나쳐서 실패하기도 하고, 혹은 간사해도 실패하지 않기도 하며, 혹은 꼭 간사하지 않은데 간사하다는 것으로써 실패하면 참으로 간사해진다.

간사한 짓이 일어나기 쉬운 게 이와 같다.

그런데 아랫사람을 부리면서 하나라도 간사한 짓이 일어나지 않도록 도울 방법이 없으니, 아랫사람이 어찌 간사해지지 않겠는가.

그런 까닭에 아랫사람에게 간사함이 없도록 하려면, 나라에서 사람을 뽑는 데에 오직 글 잘 짓고 시험 잘 치는 사람만 임용하지 말 일이다. 맡은 직책을 수행하는 데 능숙한 이를 높은 벼슬길에 오를 수 있게 해야 한다.

그리하여 늘 가난한 사람들이 교활하여 다스리기 어려운 고을이 있으면, 이들에게 책임 맡겨 일을 주되, 진실로 좋은 성적이 있으면 상을 주고 의심하지 말라.

그렇게 하면 아랫사람의 간사한 짓을 막을 수 있을 것이다.

丁若鏞

몸짓과 말, 얼굴빛을 바르게

　세상에서 비스듬히 드러눕거나 삐딱하게 서고, 아무렇게나 지껄이거나 눈알을 이리저리 굴리면서 경건한 마음을 가질 수 있는 사람은 없다.

　그래서 몸을 움직이는 것, 말하는 것, 얼굴빛을 바르게 하는 것, 이세 가지가 학문하는 데 가장 중요하게 생각을 기울여야 할 덕목이다.

　이 세 가지도 못하면서 다른 일에 힘쓴다면, 비록 하늘의 이치에 통달하고, 재주가 있고, 다른 사람보다 뛰어난 식견을 가졌다 할지라도, 결국은 발뒤꿈치를 땅에 붙이고 바로 설 수 없다. 그 어긋난 말씨, 잘못된 행동, 도적질, 매우 못된 짓, 이단이나 잡술雜術(사람을 속이는 요사스런 술책) 등으로 흘러, 결국 걷잡을 수 없는 인간이 될 것이다.

　나는 이 세 가지에 힘쓰겠다는 뜻으로 '삼사재三斯齋(다산의 고향집 서재의 이름으로, 두 아들에게 학문을 해야 하는 이유를 깨우치고 실천하게 하려는 교육에 대한 열정을 담고 있다. 삼사라는 말은 난폭하고 태만함을 멀리하는 것, 비루하고 천박함을 멀리하는 것, 진실을 가깝게 하는 것을 가리킴)'라는 것을 당호로 삼고 싶다.

뜻 없이 한 행동이
걷잡을 수 없이
커지기도 한다.
무심코 던진 한 마디가
비수가 되어 박힌다.

茶山 丁若鏞

간절한 뜻을 지닌 문학

시詩에 반드시 힘써야 할 필요는 없으나, 성정을 닦고 빛내려면 시를 읊는 것도 상당한 도움이 된다.

너희들이 이즈음 들어 옛스러우면서 힘 있고, 기이하면서 우뚝하고, 웅장하고, 한가하면서 뜻이 깊고, 맑으면서 환하고, 거리낌 없이 자유로운 그런 기상에는 전혀 마음을 기울이지 않는 대신, 가늘거나 미세하고, 자질구레 경박하고, 황당한 문예에만 힘쓰고 있으니 개탄할 일이다.

단지 율시律詩(여덟 구로 되어 있으며 리듬을 중요시한 시)만 짓는 것은 우리 사람들의 비루한 습관이다.

그 뜻 그 취향의 낮고 얕음과 기질의 짧고 껄끄러움은, 반드시 바로잡지 않으면 안 될 터이다. 내가 요즈음 다시 생각해 보아도 자기의 뜻을 사실적으로 표현하는 데나 회포를 읊어내는 데는 4자로 된 시만큼 좋은 것이 없다고 본다.

요컨대 시의 근본은 사람살이의 인륜을 밝히는 데 있으며, 때로는 그 즐거운 뜻을 펴기도 하고, 때로는 원망하고 사모하는 마음을 펴는데 있다.

그 다음으로 세상을 걱정하고 백성들을 불쌍히 여기어, 방황하고 안타까워서 그냥 두지 못하는 그런 간절한 뜻을 항상 지녀야 비로소 참된 시가 되는 법이다. 자기 자신의 이해득실에만 연연하면, 그 시는 시라고 할 수가 없다.

丁若鏞

멀리 보고 꿰뚫어 생각하라

학자란 궁窮(없이 삶)한 후에야 비로소 훌륭한 저술활동을 할 수가 있다.

매우 총명한 학자는 지극히 곤궁한 지경에 놓여 종일 홀로 지내며, 사람들 떠드는 소리라든가 수레 지나가는 시끄러운 소리들이 들리지 않는 고요한 시각에야, 경전이나 사람살이에 관한 비밀스런 의미를 비로소 연구, 깨달아낼 수 있는 것이다.

세상이란 게 이렇듯 교묘하다.

남의 저서에서 도움이 될 만한 요점을 추려내어 책을 만들 때에는, 우선 자기 자신의 학문에 대한 주관이 뚜렷해야 그 판단 기준이 세워져 골라 선택하는 일이 용이하다.

책 한 권을 볼 때 오직 나의 학문에 도움이 될 만한 것이 있으면 추려 쓰고, 그렇지 않다면 눈여겨 볼 필요가 없는 것이니, 설사 백 권 분량의 책일지라도 열흘 정도의 공을 들이면 쉽게 독파할 수가 있다.

요즘 대개의 젊은이들이 이리 멀리 보는 생각과 꿰뚫어 보는 눈이 없으니 탄식할 일이로구나.

황금보다 무거운 글의 무게

  열흘 정도마다 집 안에 쌓인 여러 편지를 점검하여 눈에 들어오는 괜찮은 내용은 하나하나 뽑아 꼼꼼히 적어두고, 잡스런 것은 불살라버리고, 그보다 조금 덜한 것은 노끈으로 만들어 쓰고, 그보다 더 조금 덜한 것은 벽을 바르거나 종이상자를 만들어 쓰면 정신이 한결 맑아지게 될 것이다.

  편지 한 장 쓸 때마다 두 번 세 번 읽어 보면서, 이 편지를 사방으로 뚫린 번화가에 떨어뜨렸을 때 내 원수가 펴 보더라도 내가 죄를 얻지 않을 것인가 생각하면서 써야 하고, 또 이 편지가 수백 년 동안 전해져서 안목 있는 많은 사람들 눈에 읽혀지더라도, 결코 조롱받지 않을 편지인가를 생각해 본 뒤에 비로소 봉封해야 한다.

  이런 일이 바로 군자君子가 삼가는 덕목이다.

  내가 젊어서 글자를 너무 빨리 썼기 때문에 여러 번 이 계율을 어긴 적이 있었는데, 중년에 환란 입을 것을 두려워하여 이런 원칙을 지켰더니 아주 큰 도움을 얻었다.

  너희도 이 점을 명심토록 하여라.

丁若鏞

진실로 책 속에 길이 있다

　이 세상의 사물 중에는 자연 상태로 존재하여 좋은 것이 있는데, 이런 것을 기이하다고 호들갑스레 떠들 필요는 없다.

　파손된 것이나 찢어진 것을 어루만지고 다듬어 완전하게 만들어야만 그 공덕을 찬탄할 수 있듯이, 죽을병에 걸린 환자를 치료해서 살려내야 훌륭한 의원이라 부르고, 위태로운 성城을 구해내야 이름난 장수라 일컫는다.

　여러 대에 걸친 명문 집안의 고관 자제들처럼, 좋은 옷과 멋진 모자를 쓰고 다니며 집안 이름을 떨치는 것은 못난 집 아이라도 다 할 수 있다.

　그러므로 더욱 잘 처신하여 본래보다 훌륭하게 행세한다면, 이것이야말로 기특하고 좋은 일이지 않겠느냐?

　가난한 학생으로서 잘 처신하는 방법은 오직 독서하는 한 가지 길밖에 없다.

　왜냐하면 독서는 사람에게 가장 중요하고 깨끗한 일일 뿐만 아니라, 호사스런 집안 아이들에게만 그 맛을 알도록 하는 것도 아니고,

또 시골마을 수재들이 그 심오함을 쉽게 넘겨다 볼 수도 없기 때문인 것이다.

반드시 벼슬 집안의 아이로서 어려서부터 잘 듣고 본 바가 있으되, 도중에 재난을 만난 너희 같은 젊은이들만 진정 독서하기에 가장 좋은 조건이다. 그네들이 책을 읽을 수 없다는 게 아니라, 의미도 모르면서 그냥 읽는다면 책을 읽는다고 치는 것이 아니어서이다.

한의사가 3대를 계속해 오지 않았으면 그가 주는 약을 먹지 않는 것같이, 반드시 여러 대를 내려가면서 글공부를 한 집안이라야 문장을 제대로 할 수가 있다.

돌이켜보건대 내 재주가 너희보다 조금은 더 나을지 모르지만, 어려서는 방향을 알지 못하였다. 나이 열다섯에야 비로소 서울 유학을 해보았으나, 이것저것 건드려 보기만 했지, 결국 얻은 거라곤 아무 것도 없었다.

그 후 스무 살 무렵 처음으로 과거 공부에 전력을 기울였더니, 합격하여 태학太學(조선시대 성균관을 달리 일컫는 말)에 들어가게 되었다. 여기서 또다시 대과大科에 골몰하다가 규장각으로 옮겨 가서는, 그 직무에 충실하느라 한갓 글귀만을 다듬는 공부에 거의 10년이란 세월을 몰두하였다.

그러므로 내가 지은 시나 문장은 아무리 많은 맑은 물로 씻어낸들 결코 과거시험 답안 같은 틀을 벗어날 수 없고, 조금 괜찮은 것일지라도 관각체館閣體(중국의 고문을 따르는 일종의 정통문학 문체임)의 기운을 지울 수 없는 것이다.

그리하여 나는 머리털과 수염이 희끗희끗하고 정기精氣도 이미 시들고 말았다. 이것도 다 운명이구나.

독서를 하려면 반드시 먼저 근본을 확립해야 한다.

근본이란 무엇을 일컬음인가.

학문에 뜻을 두지 않으면 독서를 할 수 없으며, 학문에 뜻을 둔다고 했을 때에는 반드시 먼저 근본을 확립해야만 할 것인즉, 근본이란 대체 무엇을 일컬음인가?

오직 부모에 대한 효도와 형제에 대한 우애가 그것이다.

먼저 반드시 효제에 힘써 실천함으로써 근본을 확립해야 하고, 그 근본이 확립되고 나면 학문은 자연스럽게 몸에 배어들어 넉넉해진다. 학문이 이미 몸에 배어들고 넉넉해지면 특별한 순서에 따른 독서의 단계를 모색하지 않아도 될 것이다.

천지간에 의지할 곳 없이 외롭게 서있는 자가 마음 붙여 살아갈 곳은, 오로지 글과 붓이 있을 뿐이다. 문득 한 구절 정도 마음에 드는 글을 만났을 때 나 혼자서 읊조리거나 감상하다가, 문득 '이 세상에서는 오직 너희들에게나 보여줄 수 있겠다' 여긴다.

몇 년의 세월이 쏜살같이 지나가면, 그 사이 너희들은 나이가 들어 밉상스럽게 변할 텐데 어찌 나의 책을 읽으려고 하겠느냐. 내가 보기에 천하 불효자였던 한漢나라의 조괄趙括은, 그가 아버지의 글을 잘 읽었기 때문에 나중에 어진 아들이 되었다고 생각한다. 너희들이 진정 독서를 않는다면 내 저서는 아무짝에도 쓸모없는 것이 되고 말 터이다.

내 책들이 쓸모없다면 나는 정녕 할 일 없는 사람이 되고 만다.

그렇다면 나는 앞으로 마음의 눈을 닫고 흙으로 빚은 토우처럼 될 뿐만 아니라, 열흘이 못 가서 병이 날 것이다. 이 병을 고칠 약도 없을 것인즉, 너희들이 독서하는 것은 곧 내 목숨을 살려주는 일이다.

丁
若
鏞

어떻게 책을 읽을 것인가

　내가 열 살 전에는 파리하여 자주 잔병치레를 했는데, 이제는 힘줄과 뼈마디가 굵어졌다. 정신력도 강해져서 거칠고 고달픈 일 따위를 견딜 만하니 제일 기쁘구나.

　남자가 독서하고 행실을 닦으며 집안일을 보살필 때는 반드시 거기에 전념해야 하거니와, 정신력이 없으면 아무 일도 이루어지지 않는다. 투철한 정신력이 바탕에 깔려야만 근면하고 민첩하게 움직일 수가 있다.

　지혜도 생길 수 있고, 업적도 세울 수 있다. 진정으로 마음을 견고하게 세워 똑바로 앞을 향해 나아간다면, 태산이라도 옮길 수 있을 것이다.

　내가 몇 년 전부터 독서에 대하여 깨달은 바가 무척 많은데, 마구잡이로 그냥 읽어 내리기만 하는 것은 하루에 천백 번을 읽어도 오히려 읽지 않는 것과 다를 바가 없다.

　무릇 독서 도중 의미 모르는 글자를 만날 때마다 널리 고찰하고 세밀하게 연구하여, 그 근본 뿌리를 파헤쳐 글 전체를 이해할 수 있어

무릇 독서란
매번 한 글자라도
뜻이 분명치 않은 곳과 만나면
모름지기 널리 고증하고
자세히 살펴
그 근원을 얻어야 한다.

茶山 丁若鏞

야 한다. 날마다 이런 식으로 책을 읽는다면 수백 가지의 책을 함께 보는 것이 된다.

이렇게 읽어야 읽은 책의 뜻과 이치를 훤히 꿰뚫어 알 수 있게 되는 것이다. 이 점을 깊이 명심하여라.

어떻게 쓸 것인가

지식인이 책을 펴내 세상에 전하려는 뜻은, 단 한 사람이라도 그 책의 진가를 알아주는 이가 있기를 바라서이다. 나머지 욕하는 사람들이야 관계할 바 없다.

만약 내 책을 정말 알아주는 사람이 있다면 그가 나이 많은 사람일 땐 아버지처럼 섬기고, 적대시해왔던 사람이라도 너희는 그와 결의 형제라도 맺도록 하는 게 좋으리라.

일찍이 선배들의 저술을 볼라치면, 거칠고 빠진 게 많아 볼품없는 책들도 세상의 추앙을 받는 게 다반사인가 하면, 자세하고 요령 있으며 광범위한 내용을 담은 책들이 오히려 배척받아, 끝내는 사라져 버린 채 전해지지 않는 책도 있었다. 거듭거듭 생각해 보아도 그 까닭을 알 수 없었는데, 요즈음에야 비로소 깨달았다.

요컨대 '글은 곧 그 사람'이다.

군자는 옷차림과 몸가짐을 바르게 하고, 똑바로 상대방을 바라보며, 입을 굳게 다물고, 단정히 앉아 진흙으로 빚어낸 사람처럼 엄숙하게 지내는 생활 습관을 지녀야 한다. 그래야 그가 저술하는 글이나 이론이 엄숙하고 똑바르게 된다. 그런 뒤에라야 위엄으로 뭇사람을 승복시킬 수 있고, 명성의 퍼져나감이 영원하다.

만약 나태하고 경박하며 약삭빠르고 시시한 농담이나 곁들인다면, 비록 그가 말한 내용이 이치에 깊이 들어맞는다 해도 독자들은 믿으려 하지 않는다. 살아있는 동안 뿌리를 박지 못한 책이라면, 자기가 죽어버린 후 절로 사라지게 되는 것쯤은 당연한 이치이다. 세상에는 시시한 사람은 많아도 정통한 사람은 적은 법, 누가 쉽게 알아 볼 수 있는 위엄이나 행동을 버려두고, 특별히 힘든 의인義人을 알아보려 하겠느냐?

높고 오묘한 학문의 참뜻을 알 수 있는 사람은 날로 수가 줄어드는 세상이다.

비록 공자의 도를 다시 잇고, 문장이 뛰어나며, 학술이 깊다 해도 그것을 알아볼 사람은 자꾸 없어져 간다. 너희들은 이 점을 알아차리고 우선 천천히 연구하며, 먼저 긍지를 지니는 마음가짐에 힘써라.

큰 산이 우뚝 솟은 듯 고요히 앉는 법을 습관들이고, 남과 사귀며 일을 처리함에 먼저 자신의 마음자세를 점검하여, 자기가 해야 할 뜻이 확고하게 섰다는 것을 안 뒤에 점차 저술에 임하라. 그렇게 하면 한마디의 말이나 단 한 자의 글자라도 모든 사람들이 진귀하게 여겨 아끼게 될 것이다.

만약 자기 스스로를 지나치게 경시하여 땅에 버려진 흙처럼 여긴다면, 이 또한 정말로 별 볼일 없는 끝장이 되고 만다.

세상은 아는 만큼만 보인다

내가 앞서 여러 차례 말했듯이, 청족淸族(깨끗한 절의를 높이 받들어 온 가문)은 비록 독서를 하지 않는다 해도 저절로 존중받을 수가 있다. 그러나 폐족癈族(큰 죄를 지어 그 자손이 벼슬을 할 수 없는 집안)으로서 세련된 교양이 없으면 더욱 가증스러운 일이 되고 만다. 사람들이 천히 여기고 세상에서 얕잡아 보는 것도 서글픈데, 너희들은 지금 스스로를 천하게 여기며 얕잡아 보고 있으니 참으로 비참한 일이 아닐 수 없다.

너희들이 끝내 배우지 아니하고 스스로를 포기해버린다면, 내 저술과 간추려 놓은 자료들을 앞으로 누가 모아서 책을 엮고 교정하며 정리하겠느냐?

이 일을 못한다면 내 책들은 더 이상 남겨질 수 없을 것이며, 내 책이 후세에 전해지지 않는다면 사람들은 단지 사헌부의 공소장과 옥안獄案(재판의 진행 기록)만 믿고서 나를 평가할 게 아니냐.

그렇게 되면 내가 어떤 취급을 받겠느냐? 아무쪼록 너희들은 이런 점들까지 생각해서 다시 분발하여 공부하여라. 내가 이어온 실낱

丁若鏞

같은 우리 집안의 공부하는 전통을 너희들이 더욱 키우고 번성시켜 보아라. 그러면 세상에서 다시 빛을 보게 될 것은 물론, 아무리 대대로 벼슬 높은 집안이라도 우리 집안의 자존심과는 감히 견줄 수 없을 것이다.

무엇이 괴롭다고 이런 일을 버린 채 노력하지 않느냐.

요즈음 한두 젊은이들이 중국의 경조부박輕佻浮薄(언행이 경솔하여 신중하지 못함)한 가난의 괴로움을 극단적으로 표현한 말들을 모방한다. 절구나 짧은 싯귀를 만들어 당대의 문장인 것처럼 자부하며, 거만하게 남의 글이나 욕하고 가치 있는 글들을 깎아내리는 풍조는 내가 보기에 안타깝고 불쌍하기 짝이 없다.

처음에는 반드시 경학經學(공자의 사상을 중심으로 사서오경을 연구하는 학문)을 공부하여 바탕을 다진 후, 옛 역사책을 섭렵하여 옛 정치의 득실을 따지고, 그것이 잘 다스려진 이유와 어지러웠던 이유 등의 근원을 캐볼 일이다.

또 모름지기 실용의 학문, 즉 실학實學에 마음을 두고서 옛사람들이 나라를 다스리고 세상을 구했던 글들을 즐겨 읽도록 해야 한다. 항상 만백성에게 혜택을 주어야겠다는 생각과 만물을 제대로 자라게 해야겠다는 뜻을 가진 뒤라야만, 비로소 참다운 독서를 한 군자라 할 수 있다. 그러한 사람이 된 뒤 더러 안개 낀 아침, 달 뜨는 저녁, 짙은 녹음, 가랑비 내리는 날을 보고, 문득 마음에 자극이 와서 한가롭게 상념이 떠올라 절로 운율이 나오고 시가 되어 질 때, 천지자연의 음향이 제 소리를 내는 법이다.

　이것이 바로 시인이 제 역할을 제대로 해내는 경지이다.

　이 근래 괴이한 논의가 있는 바, 많은 지식인들이 우리 문학을 멀리 배척하고 있다는 사실이다. 우리나라의 옛 문헌이나 문집에는 눈도 주지 않으려 하니, 이거야말로 큰 병이 아니고 무엇이겠느냐?

　사대부 자식들이 우리의 옛일들을 알지 못하고 선배들이 논했던 것을 읽지 않는다면, 그 학문이 비록 고금을 꿰뚫고 있다 해도 시시한 엉터리가 될 뿐이다.

천지를 움직이며 귀신 감동시키는 글

옛날부터 학문하는 방법은 다섯 가지이다. 즉 넓게 배우고, 따져서 묻고, 조심해서 생각하고, 명백하게 분별하고, 꿋꿋하게 실행하는 것이다.

오늘날 학문하는 자들은 우선 넓게 배울 뿐, 따져서 묻는 것 외에는 마음을 쓰지 않는다. 무릇 어떠한 학설에 대해서도 그 요령은 묻지 않고, 그 주제를 살피지도 않은 채 오직 마음을 한 곳으로만 써서 믿는다. 가깝게는 마음을 다듬어 성정性情(타고난 본성) 다스리는 것을 생각하지도 않고, 멀게는 세상을 도와서 백성 다스리는 법을 구하지도 않는다.

오직 그 넓은 견문과 오래도록 기억하는 것, 화려한 문장과 호쾌한 변론을 스스로 자랑해서 한 세상의 더러움을 깔볼 뿐이다. 그리고 그릇된 뜻과 간사한 학설이 만대에 해를 끼치는 것이 있어도 쉽게 용납하면서, 천하의 의리義理(사람으로서 행해야 할 옳은 길, 또는 그 도리)는 무궁하다고 한다.

문장이란 어떤 것인가.

문장이 어찌 공중에 걸려 있고 땅에 펼쳐 있어서, 바람소리를 듣고 달려가 잡을 수 있는 것이겠는가.

옛날 사람은 한쪽으로 치우치지 않은 채 오로지 공경하여 덕을 수양하고, 형제간의 우애와 신의로써 행실을 튼튼히 하였다. 시서詩書와 예악禮樂(예법과 음악)으로써 그 기본을 배양하고, 역사와 철학으로써 세상의 바른 이치에 통하여 만물의 모든 실정을 두루 알게 되었다. 그 지식이 중심에 쌓여서 땅이 만물을 지고 있는 것처럼, 바다가 모든 것을 포용하는 것처럼, 구름처럼 번성하고 우레처럼 꿈틀거리면 그의 문장은 마침내 숨길 수 없게 된다.

그런 다음에 사물과 서로 만나는 것이다.

혹은 들어가기도 하고, 혹은 의견이 서로 부딪치는 경우도 있지만, 흔들리고 격동하여 밖으로 드러나는 것이 바닷물처럼 일렁일렁 치솟으며 금처럼 번쩍번쩍 빛나서, 가깝게는 사람을 감동시킬 만하고, 멀게는 천지를 움직이며 귀신을 감동시킬 만할 때, 이것을 곧 훌륭한 문장이라 이른다.

丁若鏞

음악이 있는 곳에 행복이 있다

아아, 사람은 원래 제대로 착하지 못하다. 따라서 반드시 가르친 다음에야 착하게 되는 법이다.

그 이유는 칠정七情(기쁨, 분노, 슬픔, 놀람, 사랑, 증오, 욕심)이 마음속에 얽혀서 원만하게 화합되지 못하기 때문이다. 혹시 으쓱하는 마음에 만족스러운 일이 생기면 거기에 음탕한 게 섞여들기도 하고, 혹 발끈 충격 받은 일이 생기면 성내는 때도 있으며, 혹 슬퍼하기도 하고, 혹 두려워하기도 하며, 혹 노려보기도 하며, 혹 원망하기도 하여 그 마음이 좀체 즐거움을 얻을 수가 없다. 마음이 즐겁지 못하면 온 몸이 따라서 어그러지고, 움직이는 데에도 모두 법도에서 벗어나고 마는 것이다.

그래서 위대한 사람들은 거문고 · 비파 · 종 · 북 · 꽹과리 · 피리 따위의 음을 만들어, 아침저녁으로 귀에 젖게 하고 마음에 흘러 들였다. 그 혈맥을 고동시킴으로써 그 화평과 즐거움의 뜻을 유발시키도록 하였다.

그러므로 사람을 가르치는 데엔 반드시 음악을 이용하는 게 맞지 않겠는가.

성인의 깨달음도 음악이 아니면 시행되지 못하고, 제왕의 정치도 음악이 아니면 성공하지 못하며, 천하 만물의 감정도 음악이 아니면 조화되지 못한다. 음악이 없어지면 형벌이 심해지고, 음악이 없어지면서 병란이 잦아졌다. 음악이 없어지면서 원망하는 마음이 일어나고, 음악이 없어지면서 속음과 거짓이 많아졌다.

무엇으로 이렇게 된 연유를 아는가.

일곱 가지 감정 가운데서, 그것이 나오기는 쉬워도 억제하기 어려운 것은 노여워하는 마음이다. 버럭 성내어 답답한 사람은 마음이 화평치 못하고, 분하여 성낸 사람은 마음이 풀리지 않는 법이다. 그런 때에 오직 남을 형벌함으로써 한때의 심기가 통쾌해지면 비록 풀리는 듯 순해질 수 있으나, 거문고·피리·종·꽹과리 소리를 듣고 그 마음이 화평하게 풀어지는 것만 같지 못하다.

윗사람이 형벌로 다스리고 무기로써 위압하면 아랫사람은 반드시 이에 대응하게 되는데, 그것은 오직 근심과 고통과 탄식, 그리고 간사하게 아첨하며 숨으려는 꾀만 일어나게 될 뿐이다. 이것이 곧 음악이 없어진 후에 원망하는 마음이 일어나고, 음악이 없어지자 속임과 거짓이 많아진 이유이다.

요즈음 세속의 음악은 모두 음탕하고 상스러우며, 가락이 슬프고 부정한 소리로 가득한 것 같다.

그러나 그런 음악이라도 앞에서 한창 연주하면 높은 사람은 아전

붙이를 용서해주고, 집안 어른은 종들을 용서하게 된다. 세속의 음악도 오히려 그러한데, 하물며 옛 제상이나 성인의 음악이랴.

그러므로 예의와 음악은 잠깐 동안이라도 내 몸에서 떠나서는 안되는 법이다.

음악을 진작시키지 않으면 사회의 교화는 시행할 수 없으며, 풍속도 마침내 변화시킬 수 없다. 또한 음악이 없으면 하늘과 땅 사이의 화기和氣도 결국 이루어내지 못하리라.

우리가 꼭 지켜야 할 덕목

　사람들은 늘 '오륜五倫(다섯 가지의 인륜. 즉 임금과 신하 사이에는 의리, 아버지와 아들 사이에는 사랑, 부부 사이에는 분별, 위아래 사람 사이에는 질서, 친구 사이에는 신의가 있어야 함을 이름), 오륜' 하지만, 패거리 정치의 화禍가 그치지 않아 반대편 정치인을 반역죄로 몰아넣는 옥사獄事(재판사건, 또는 그 감옥살이)도 자주 일어났다.

　그래서 군신유의君臣有義의 도리는 이미 무너져버렸다.

　또 아버지의 대를 잇는 도리가 무너져 그 자손이나 서자들이 제멋대로 굴게 되니, 부자유친父子有親은 자연 없어져버리며, 기생을 멀리하지 않은 고을 수령들이 거의 거기에 빠져있으니 부부유별夫婦有別도 이미 문란해져버렸다. 노인들을 보살펴 봉양하지 않고 새파란 부자 자식들이 교만을 피우고 있으니, 장유유서長幼有序는 파괴되고 말았으며, 과거 시험만을 위주로 할 뿐 도의를 가르치지 않으니 붕우유신朋友有信도 어긋나버리고 말았다.

　무릇 참 사람은 이 다섯 가지의 잘못을 언제나 반드시 뉘우치고 바꿔야 한다.

丁若鏞

어버이의 뜻을 거역하지 말라

어버이를 섬기는 일에 있어선 무엇보다 그 뜻을 거역하지 않는 것이 가장 중요하다.

여인들은 의복이나 음식, 거처하는 것에 관심이 많으므로, 어머니를 섬기는 이는 사소한 일에 유의해만 효성스럽게 받들 수 있다. 《예기禮記》의 '내칙內則' 편에는, 음식에 관한 것 등 자그마한 예절이 많이 적혀 있는데, 이것은 성인의 가르침이란 '경우'를 알게 하는 데서 비롯된다. 그러므로 그 경우는 결코 예절에서 동떨어지거나, 사소한 음식 따위에서 시작되지 않음을 알아야 한다.

이즈음 사대부 집안에선 안방마님들이 오래 전부터 부엌에 들어가지 않는 게 예사로 되어 있다. 하지만 부엌에 들어간들 무엇이 그리 손해가 되겠는가?

거기에선 다만 잠깐 연기를 쏘일 뿐이다. 그리하여 연기 좀 쏘이고 시어머니 환심을 얻으며 효부孝婦가 되고 법도 있는 집안도 만드니, 이 또한 효도로서 지혜로운 일이다.

그러므로 너희 형제는 새벽이나 늦은 밤에 어른들의 방이 찬가 따뜻한가 늘 살펴보도록 하거라.

이불 밑에 손을 넣어보고 차면 항상 따스하게 몸소 불을 때 드리되, 이런 일은 하인을 시키지 않도록 해야 한다. 이 수고로움도 잠깐 연기를 쏘이는 일에 지나지 않을 터인즉, 네 어머니가 무엇보다 더 기분이 좋으면 너희들도 이런 일이 왜 즐겁지 않으랴?

어머니와 아들, 시어머니와 며느리 사이에서 아들과 며느리가 불효해 어른들이 한탄하고 있을 때, 남녀 하인들은 그 틈을 노려 주인마님의 상에 장 한 숟갈이나 맛있는 과일 하나라도 더 올려 환심 사고 골육간의 사이를 더욱 이간시키려 할 것이다.

그러나 이것은 아들이나 며느리가 잘못하기 때문이지 남녀 하인들이 나빠서 그런 것은 절대 아니다. 마땅히 그런 것을 거울삼아 온갖 방법을 다 짜내어 어머니를 기쁘게 해드리도록 하여라.

거짓말은 가장 나쁜 죄

내가 너희들더러 불성실하다고 한 것에 대해, 그렇지 않다고 변명할 수는 없으리라. 내가 시킨 일에 대해 불성실하게 행동한 일이 손가락을 꼽을 수 없을 정도인데, 하물며 그 나머지 일들은 어떻겠느냐.

이후로는 모름지기 착한 마음을 불러일으켜 《대학》의 성의장誠意章(所謂誠其意者는 毋自欺也니, 如惡惡臭하며 如好好色이라, 此之謂自謙이니, 故로 君子는 必愼其獨也니라—이른바 그 뜻을 정성스럽게 한다는 것은 자기를 속이지 않는 것이니 나쁜 냄새를 싫어하는 것처럼 하며, 좋은 빛을 좋아하는 것처럼 하는 것이다. 이것을 자족하는 것이라 일컬으니, 그러므로 군자는 반드시 그 홀로 있음을 삼가는 것이다)과, 《중용》의 성신장誠身章을 벽에다 써 붙이고, 크게 용기를 내 그것을 굳건히 딛고 서서, 빠른 여울에 배를 타고 올라가는 이치로 공부에 힘써 나아감이 더욱더 좋겠구나.

공부는 모름지기 먼저 거짓말하지 않는 일부터 신경 써야 한다.

거짓말하는 것을 세상에서 가장 악하고 큰 죄가 되는 것으로 알아야 하니, 이것이 성의 있는 공부로 들어가는 최초의 길목임을 명심하여라.

돌이 날아들면 옥으로

부모를 사랑하고 그 형제끼리 우애하는 것쯤이야 세상에 많아, 그렇게 치켜세울 만한 행실이 될 수는 없다.

큰아버지나 작은아버지가 형제의 아들을 자기 아들처럼 여기고, 형제의 아들들이 큰아버지나 작은아버지를 자기 아버지처럼 여기고, 사촌 형제끼리 서로 사랑하기를 친형제처럼 여겨서, 집에 온 손님이 열흘이 넘도록 묵으면서도 끝내 누가 누구의 아버지이고 누가 누구의 아들인지를 알아차리지 못하도록 해야만, 바야흐로 그 집안의 기상을 떨칠 수가 있다.

사람의 집에서 부귀가 한창 피어날 때는 골육 간에 서로 의지하고 믿어, 원망할 일이 있어도 마음으로 삭여 드러내지 않으므로 평화로울 수 있으나, 살림이 매우 빈곤하면 곡식 몇 되 포목 몇 자 가지고도 곧 다툼이 일어난다. 나쁜 말이 서로 오가며 서로 모욕하고 마침내는 더욱 격렬하게 다투어 원수지간이 되어버린다.

이런 때 만약 감동시킬 만한 도량 넓은 남자가 없다면, 너는 점잖고 지혜로운 부인처럼 산이나 강 같은 넓은 도량을 활짝 열어, 구름을 헤치고 나온 햇빛이듯 순순히 받아들여라.

어린아이처럼, 속 없는 바보처럼, 뼈 없는 벌레처럼, 갈천 씨葛天氏(중국의 상고시대의 제왕으로 아무 것도 하지 않으면서 천하를 잘 다스리는 분)처럼, 참선하는 중처럼 하여, 상대방이 나에게 돌을 던지면 아름다운 옥으로 갚아 주고, 상대방이 칼이나 창으로 덤벼들면 맛있는 술로 대접해 주어라.

너희들은 이러한 뜻을 잘 알아 날마다 《소학》 외편에 있는 가언嘉言(본받을 만한 말)이나 선행을 착실히 따르고 부지런히 잘 지켜, 잠시라도 잊지 말아야 한다.

끈기 있게 그리 행동하면 기뻐하는 마음이 절로 이루어져 화목하게 될 것이다. 불행히도 화목하게 되지 않더라도, 친척이나 고을 사람들 사이에서 자연히 공정한 논평이 있게 마련이다. 그러면 잘잘못을 함께 싸잡아 되놈이나 오랑캐 같은 야만 족속이라는 데까지는 이르지 않은 채, 가문의 체면을 유지할 수는 있을 것이다.

어른을 섬기고 공경하는 법

　너희들은 사고무친四顧無親(의지할 만한 사람이 전혀 없는 것)의 처지에서 커왔지만, 어린 시절은 유복하게 살았었기 때문에 아들이나 동생으로서 아버지나 형님을 섬기는 법, 집안 어른들을 섬기는 법에 대해 아직 견문이 없을 것이다. 그뿐 아니라 살림이 궁핍한 경우에 살아가는 방법도 아직 익숙하지 못할 터이다. 그래서 내 몸과 마음을 다해 남을 대할 줄도 모르면서, 남이 먼저 자기에게 도움 주기만을 바라는 것이리라.

　가정에서의 처신도 잘 익히지 못했으면서 이웃들의 칭찬이나 바라고 있으니 될 법이나 한 소리냐.

　전에 동지同知(조선시대의 종2품 관리) 벼슬을 지낸 고조할아버지뻘의 어른이 계셨다. 칠십이 넘은 데다 중풍을 앓으셔서 거동이 몹시 불편하였지만, 아침을 잡수신 후에는 매일 지팡이 짚고 우리 집에 오셔서

　"우리 종손을 하루라도 안 볼 수가 있겠는가?"

　말씀하시곤 했었다.

하물며 너희가 일흔 되신 노인께서 종증손從曾孫(자기 형제의 증손자)에게 하신 만큼도 큰아버님을 섬기지 않는대서야 말이 되겠느냐!

이제부터는 매일 이른 아침에 일어나 먼저 안방에 들러 어머니의 안부를 살피고, 다음에는 동쪽 집에 사시는 큰아버님께 문안드리고 와서, 독서를 시작하도록 하여라. 여러 숙모님들은 점심 때나 저녁 무렵 틈나는 대로 들러보아도 무방하다.

큰아버지가 팔이 아플 때 바로 찾아가 뵙고, 뽕나무 벌레똥을 주워다가 식초에 담근 쑥과 섞어 약을 달이며, 약 달일 화로에 불을 피우고 약단지를 씻는 등 시중으로 아침저녁 늘 떠나지 않은 채 모시고 자면서 연연해하며, 차마 물러나지 못하는 그런 극진한 마음으로 그분을 봉양해 본 적이 있느냐?

모름지기 스스로 할 일을 다하며 살아도 부형들의 가슴에 원망이나 불평이 쌓일 수 있다. 평상시에는 이런 감정들을 내색 않다가도, 어느 날 간섭해야 될 일이 있을 때 가끔 자기도 모르게 그것들이 폭발할 수가 있는 것이다.

그럴 때 너희들은 그 일만 가지고 생각하기 때문에 '이 일이 왜 내가 잘못한 것인가, 왜 저같이 처리하시는가' 서운해 하겠지만, 실은 오래 전의 잘못 때문이지 단순히 이번 잘못에만 국한되어 있는 것은 아닐 것이다.

쉬지 말고 착실하게 행실을 닦아 어른들 마음을 기쁘게 해드리는 것이 공경의 최선이다.

큰아버님 섬기는 데에는 특별하게 따로 정해진 예절이 없고, 오직 자기 아버지 섬기는 것과 한 가지로 하면 된다. 너희들이 느낀 바 있어 진실한 마음으로 행한다면, 큰아버님의 마음 또한 봄볕에 눈 녹 듯 풀릴 것이다.

어떻게 살고 죽을 것인가

아비가 병들어 죽었는데 자식이 따라 죽으면 효도이겠느냐?

그것은 효도가 아니다. 오직 그 아비가 불행하게 호랑이나 짐승에게 물렸을 때에 그 자식이 호위하다가 죽으면 효자이다.

임금이 죽었다고 신하가 따라 죽으면 충성이겠느냐?

그것은 충성이 아니다. 오직 그 임금이 불행히도 난리 통에 역적에게 죽임을 당했을 때 신하가 호위하다가 죽거나, 혹은 자기가 불행하게 포로로 잡혀 오랑캐의 막사 뜰에 끌려가서 강제로 절하도록 할 때 그에 굽히지 않고 죽으면 그것이 충성이다.

그런즉 남편이 죽었는데 아내가 따라서 죽으면 열부烈婦라 하여 그 문설주를 빛나게 하거나, 붉은 팻말을 줘 세금을 면제하고 그 자손의 부역을 경감시켰다. 그러나 그것은 열부가 아니다. 여자의 성깔이 못된 것인데 관리가 잘 살피지 못했을 따름이다. 그것은 다만 그 성정이 편협하여 통하지 못했던 탓이다.

천하에 죽음보다 어려운 것이 없고, 천하에 흉한 것으로는 제 몸을 죽이는 것보다 심한 경우가 없는데, 제 몸을 죽여서 어쩌겠다는 것인가. 오직 제 몸을 죽이는 것은 의리에 합당할 때에 한한다.

남편이 호랑이나 도둑에게 몰렸을 적에 아내가 따라서 호위하다가 죽었다면 열부일 것이며, 혹은 제 몸을 도둑이나 음탕한 자에게 몰려서 몸을 더럽히게 되었으나 굴복하지 않고 죽으면 열부이다. 일찍 과부로 되었다가 그의 부모와 형제가 제 마음과는 달리 남에게 개가시키려고 할 때 그것을 거절하다가 죽었다면 열부일 것이며, 그 남편이 원통한 일로 죽었을 때 그 아내가 실상을 알리고자 울부짖다가 형벌을 당해 죽으면 열부로 여길 것이다.

남편의 죽음은 집안의 가장 큰 불행이다.

시부모가 늙었는데도 봉양할 사람이 없고, 여러 자녀들이 어린데도 젖 먹여 기를 사람이 없으니, 죽은 자의 아내 된 사람은 마땅히 슬픔을 참고 억지로라도 살아야 한다. 봉양할 사람이 없는 시부모를 힘써 봉양하다가 그가 죽거든 장사하고 제사지내며, 아래로 양육할 사람이 없는 자녀들이 성인으로 자라나거든 혼례시켜 시집보내고 장가들이는 것이 옳은 일이다. 하루아침에 모질게도 스스로 제 마음속에 작정하기를, '남편이 죽었으니 나한테 시부모 될 사람도 없고, 남편이 죽었으니 나한테 자식도 없다' 하여 횃대에 스스로 목을 매 돌아보지도 않는다면, 이와 같은 사람이 어찌 모질고 잔인하지 않겠는가.

어찌 크게 불효하고, 크게 무자비한 사람이 아니겠는가.

천하의 도道는 한 길뿐이다.

丁若鏞

81

크게 불효하고 무자비하면서도 홀로 그 남편에게만 도리를 다했다는 건 있을 수 없는 일이다. 백성의 윗사람이 된 자가 또 그 집 문설주를 빛나게 하고, 팻말을 붉게 하고, 세금을 면제하거나 그 자손에게 부역을 경감해 준다면, 이것은 그 백성에게 서로 본받아서 크게 불효하고 무자비하도록 권하는 것이다.

이것이 어찌 옳겠는가. 그런 까닭에 이것은 열부가 아니라 소견머리가 좁다는 의미일 따름이다.

아아, 신체발부身體髮膚(몸과 머리털과 피부)는 부모한테서 받은 것이므로 감히 헐거나 상하게 해서는 안 되는 것이다.

무기가 예리하지 못하면

병법兵法에 이르기를, '무기가 예리하지 못하면 병졸을 적에게 넘겨주는 셈이고, 병졸을 쓸 수 없으면 장수를 적에게 넘겨주는 격이다'라고 하였다.

대개 병졸은 손에 병기를 쥐고 적을 방어하는 사람들인즉, 병졸이 비록 몇 천 몇 만 명이더라도 맨손으로 싸우면 병졸이 없는 것과 같고, 무디고 부서진 병기를 잡게 한다면 그 또한 병졸이 없는 것과 다를 바가 없다.

나라가 가난하고 또 법률과 제도가 없으면 병졸을 양성할 수 없다.

병졸을 양성하지 못하면 훈련시킬 수 없고, 훈련하지 않으면 병기를 창고에 넣어두게 되거니와, 병기를 창고에 넣어두면 녹슬고 부서질 뿐이다.

지금 각 고을에 갈무리한 무기들 중 활을 들면 좀똥이 우수수 떨어지고, 화살을 들면 깃이 사르르 쏟아지며, 칼을 빼면 칼날이 칼집에 붙어서 칼자루만 빠지게 되고, 총을 보면 녹이 구멍을 메우고 있으니, 어느 날 문득 환란이라도 생기면 온 나라 군사는 모두 맨손뿐일 것이니 매우 염려스럽다.

비록 남북에 경계할 일 없고 국경에 근심이 없더라도 군사제도는 꼭 필요하다는 것을 알아야 한다.

그러나 무기 없이 그냥 맨손으로는 양성할 수 없거니와, 군사를 양성하지 않으면 그 어떤 무기라도 다 소용이 없게 된다.

그러므로 사내대장부가 내 집안과 나라 지키는 준비를 어찌 소홀히 할 수 있겠는가.

보석보다 귀한 두 글자

너희들에게 물려 줄 밭뙈기도 장만하지 못했으나, 오직 정신적인 금언 두 글자를 주겠노라. 깊이 마음에 지녀서 잘 살고 가난을 벗어날 수 있도록 하여라. 이제 너희들에게 그것을 물려주거니와, 너무 야박하다고 하지는 말아라.

한 글자는 '근勤'이고, 또 한 글자는 '검儉'이다.

이 두 글자는 좋은 밭이나 기름진 땅보다도 나은 것이니 일생 동안 써도 닳지 않을 것이다.

'부지런함(勤)'이란 무얼 뜻하는가?

오늘 할 일을 내일로 미루지 말며, 아침에 할 일을 저녁 때로 미루지 말며, 맑은 날 해야 할 일을 비오는 날까지 끌지 말아야 한다는 의미이다. 늙은이는 앉아서 감독을 실천에 옮기고, 젊은이는 힘 드는 일을 도맡으며, 병이 든 사람은 집을 지키고, 부인들은 길쌈하기 위해 한밤중이 넘도록 잠을 자지 말아야 한다. 요컨대 집안의 상하 남녀 간에 단 한 사람도 놀고먹는 사람이 없어야 하는 것이다.

그리고 일 도중에 노는 시간이 잦아서도 안 된다. 이런 걸 부지런함이라 한다.

'검소함(儉)'이란 또 무엇인가?

의복은 몸을 가리기만 하면 그것으로 일단 족하다. 고운 비단으로 지은 옷은 조금 해지기만 하면 세상에서 볼품없는 걸레로 변해 버리지만, 질기고 값싼 옷감으로 된 옷은 소매가 약간 해진다 해도 볼품이 없어지진 않는다. 한 벌의 옷을 만들 때마다 앞으로 계속 오래 입을 수 있을지 없을지 생각해서 만들어야지, 곱고 아름답게만 만들어 빨리 해지게 해서는 안 된다.

생각이 이 정도에 미치면 옷을 만들 때 꼭 곱고 아름다운 옷을 만들지 않고, 질박하고 질긴 것을 고르지 않을 사람이 없으리라.

음식도 목숨을 이어갈 수 있을 정도면 그것으로 괜찮다.

아무리 맛있는 고기나 생선이라도 입 안으로 들어가면 이미 더러운 오물로 변해 버린다. 삼키기 전에 벌써 사람들이 싫어한다.

인간이 이 세상에서 귀하다는 건 정성의 마음이 있기 때문이다. 그러므로 전혀 속임이 있어서는 안 된다. 하늘을 속이는 게 제일 나쁜 일이다. 임금이나 어버이를 속이고, 농부가 같은 농부를 속이고, 상인이 동업자를 속이면 모두 죄를 짓게 되는 것과 같다.

단 한 가지 쉬 속일 수 있는 건 자신의 입과 입술이다. 아무리 맛없는 음식도 맛있게 생각하고 입과 입술을 속여 잠깐 동안만 지내고 보면, 배고픔이 가시어 굶주림을 면할 수 있을 것이다. 이렇게 해야만 현명하게 가난을 이기는 방법이 되는 것이다.

지난 여름 내가 다산 텃밭에서 자란 상추로 밥을 싸먹고 있을 때 옆 사람이 구경하고는,

"상추로 싸먹는 것과 김치 담아 먹는 것은 무슨 차이가 있습니까?"

묻더라. 그래서 나는,

"그건 사람이 자기 입을 속여 먹는 법입니다."

말하며 적은 음식을 배부르게 먹는 방법에 대해 알려준 적이 있다.

어떤 음식을 먹을 때마다 이러한 생각을 지니고 있어야 한다.

맛있고 기름진 음식만을 먹으려 애써서는, 결국 뒷간에 가서 대변 보는 일에 정력을 소비할 뿐이다.

이러한 생각은 당장의 어려운 생활 처지를 극복하는 방편이 아니라, 귀하고 부유한 사람과 복이 많은 사람, 선비들의 집안을 다스리고 몸을 유지해가는 데에서도 지혜로운 일이다.

'근'과 '검', 이 두 글자는 손을 댈 곳이 없는 것이니, 너희들은 절대로 명심토록 하여라.

주어진 자리에서 최선을 다하라

옛날의 어진 임금들은 사람을 쓰는 데 제 때, 제 곳에 쓰는 현명한 지혜가 있었다.

눈이 먼 소경은 음악을 연구하게 하였고, 절름발이는 대궐문을 지키게 하였고, 고자는 후궁의 처소를 출입케 하였고, 곱사나 불구자, 허약하여 쓸모없는 사람이라도 적당한 곳에 적절하게 용무를 맡길 수 있었으니, 이 점에 대하여 항상 연구하도록 하여라.

집에 머슴이 있을 때 너희는 곧잘 말하길 '힘이 약해서 힘 드는 일을 시키지 못한다' 하였는데, 이는 너희들이 '난장이에게 산을 뽑아 내라'는 식의 가당치 않은 일을 맡기고 있었기 때문에, 그 힘 약한 것을 걱정하였다.

집안일을 처리해 나가는 방법으로, 위로는 주인어른 내외에서 남자, 여자, 어른, 아이, 형제, 동서의 차례로, 아래로는 남녀의 종, 어린아이에 이르기까지 무릇 5세 이상은 각자 할 일을 나누어 한 시각이라도 놀지 않으면, 결코 가난을 걱정하지 않아도 될 것이다.

집에 늙은 할아버지가 계시면 칡으로라도 노끈을 꼬고, 늙은 할머니는 실꾸리의 실 뽑는 일을 놓지 않은 채 이웃에 놀러 가더라도 그 일을 계속하는 그런 집안은, 반드시 먹을 걸 충분하게 마련하고 가난을 걱정하지 않는다.

丁若鏞

뿌린 대로 거두리라

시골에 살면서 과수원이나 채소밭을 가꾸지 않는다면 세상에서 버림받는 꼴이다.

나는 바쁜 가운데서도 소나무 열 그루와 전나무 두어 그루를 심어 둔 적이 있다. 내가 지금껏 집에 있었다면 뽕나무는 수백 그루, 접붙인 배가 몇 그루, 옮겨 심은 능금나무도 몇 그루 됐을 것이고, 닥나무는 지금쯤 이미 밭을 이루었을 터이다. 옻나무도 다른 밭 둔덕으로 뻗어 나갔을 터이고, 감자류도 여러 그루, 포도도 군데군데 줄을 타고 덩굴로 뻗어 있을 것이다. 여러해살이풀 파초도 네댓 그루는 충분히 가꾸었을 텐데.

불모지에는 버드나무도 대여섯 그루 심었을 게고, 유산酉山(다산의 고향마을 뒷산 이름)의 소나무도 이미 여러 자쯤 자랐을 것이다.

너희는 이런 일을 하나라도 실행했는지 모르겠구나.

너희들이 국화를 심었다고 들었는데 국화 한 이랑은 가난한 선비의 몇 달 동안의 식량이 될 수도 있는 것이니, 한낱 꽃구경에만 그칠 일이 아니다. 생지황·끼무릇·도라지·천궁川芎 같은 것이라든지,

쪽이나 꼭두서니 등에도 모두 마음을 기울여 잘 가꾸도록 하여라.

채소밭을 가꿀 때에는 땅을 반반하게 고르는 일과 이랑을 바르게 파는 일이 중요하거니와, 흙은 가늘게 부수고 깊게 갈아 분가루처럼 부드러워야 한다. 씨는 항상 고르게 뿌려야 하며, 모종은 아주 성기게 심어야 한다. 아욱 한 이랑, 배추 한 이랑, 무 한 이랑씩 심어 두고, 가지나 고추 등도 마땅히 따로따로 구별하여 심어놓고, 마늘이나 파 심는 일에도 힘쓸 것이며, 미나리도 가꿀 만한 채소다. 또한 한여름 농사로서는 참외만한 것도 없느니라.

매사에 절약하고 농사에 힘쓰면서 부업으로 아름다운 결실을 얻을 수 있는 것이 이 채소밭 가꾸기이니, 구슬땀을 흘려가며 정성을 듬뿍 들이도록 하여라.

닭을 쳐도 전문가처럼

네 형이 멀리서 왔으니 기쁘기는 하지만, 며칠간 함께 지내면서 이야기 주고받아 보니 옛날에 가르쳐 준 경전 이론을 하나도 제대로 답을 못한 채 우물거리더라.

슬픈 일이구나. 왜 이렇게 되었느냐?

어린 날에 재앙을 만나 혈기를 빼앗기고, 정신을 지키지 않은 채 놓아버렸기 때문인가. 조금만 정신을 차리고 자주 점검하며 지난날 배운 것을 복습했더라면 어찌 오늘의 이 지경에 이르렀겠느냐? 한스럽고 한스럽기만 하구나.

네 형이 이러니 넌들 오죽할까?

문학이나 역사에 상당한 취미를 가지고 있었던 네 형이 이렇게 되었을 때, 완전히 손도 못 댄 너야말로 알 만한 일이다.

내가 집에 함께 있으면서 너희들을 가르쳤는데도 듣지 않았다면, 이런 일은 다른 집안에서도 혹 있을 수 있는 일로 치부하겠지만, 나는 지금 멀리 귀양살이 와 풍토병이 심한 남쪽 변방에서 겨우 목숨을 부지한 채 외롭고 불쌍히 지내며, 밤낮 너희들에게 희망을 걸고 마음속에 담긴 뜨거운 정을 쏟아 편지 보내고 있는데, 너희들은 이것을 슬쩍 읽어 보고는 고리짝 속에 처넣어 버린 후, 다시 마음을 두지 않아서야 어찌 되겠느냐?

네가 양계養鷄를 한다고 들었는데, 양계란 참으로 좋은 일이긴 하지만 이것에도 품위와 비천함, 깨끗하고 더러움의 차이가 있다. 전문 서적을 잘 읽어서 좋은 방법을 골라 시험해 보아라.

색깔을 나누어 길러도 보고, 닭이 앉는 홰를 다르게도 만들어 보면서 다른 집 닭보다 살지고 알도 잘 낳을 수 있도록 길러야 한다. 또 때로는 닭의 정경을 시로 지어 보면서 짐승들의 실태를 파악해 보아야 하느니, 이것이야말로 책 읽은 사람만이 할 수 있는 양계법이다. 만약 이익만 취하고 옳음을 못 보며, 단순히 가축 기를 줄만 알았지 그 취미를 모르면서 이웃 채소 가꾸는 이들과 아침저녁으로 다투기나 한다면, 이것은 산골에 사는 못난 사람들의 못난 양계이다. 너는 어떤 식으로 하고 있느냐?

이미 닭을 기르고 있으니 아무쪼록 앞으로 많은 책 중에서 닭 기르는 법에 관한 이론을 뽑아 차례로 정리하여 《계경鷄經》 같은 책을 하나 만든다면 좋은 책이 될 것이다. 세상일에 종사하면서도, 선비의 깨끗한 취미를 갖고 지내려면 언제나 이런 식으로 해야 된다.

분수에 맞는 일을 하라

　네가 갑자기 의원醫員이 되었다니, 대체 무슨 의도이며 어떤 이익을 도모하고자 함이냐?

　혹시 네가 의술을 빙자하여 벼슬아치들과 사귀면서 아버지의 석방을 도모하고 싶어서이냐? 그래서는 안 되겠지만, 그럴 수도 없을 것이다.

　그리고 세상에서 말하는 바, 덕을 베푸는 것처럼 거짓 행세하고 다니는 사람을 너는 알지 못하느냐?

　돈 안 드는 입술을 지껄여 기쁘게 해주고는 돌아가 비웃는 사람이 대부분이라는 걸 아직도 깨닫지 못했단 말이냐?

　넌지시 권세 있음을 내보이며 너에게 몸을 구부려 땅에 엎드리게 할 때, 너는 절로 그 술수에 빠져들게 될 테니 너야말로 어리석은 사람이 되기 쉽다.

　무릇 사람들 중에 높은 벼슬이나 깨끗한 직책에 있는 사람, 덕이 높고 학문이 깊은 사람도 의술을 터득하고 있지만, 그들 스스로 천하게 의원 노릇을 하지는 않는다. 병자가 있는 집에서도 바로 찾아가 묻지 모했다. 서너 차례의 간곡한 부탁을 받고 위급하여 어쩔 수 없는 경우에야 겨우 한 가지 처방을 내려 귀히 여기게 하는 정도라야 옳다고 여겨진다.

그럼에도 너는 요즘 크게 소문내어 문을 활짝 열어놓고서, 모든 부류의 사람들을 방에 가득 불러들여 그들의 내력도 모르면서 사귀거나 재워 주고 먹여 준다니, 그게 대체 무슨 변고이냐?

이후로도 내가 네 하는 일을 모두 들을 것이로되, 당장 그 일을 그만두지 않으면 살아서는 연락도 않을 테고 죽어서도 눈을 감지 못할 것이다.

쥐면 질수록 미끄러운 재물

세상의 많은 옷이나 음식, 재물 등은 부질없고 가치 없는 것이다. 옷이란 입으면 닳게 마련이고 음식은 먹으면 썩고 만다.

자손에게 전해 준다고 해도 마침내는 탕진되고 만다. 다만 몰락한 친척이나 가난한 벗에게 나누어 준다면 그 은혜가 영원히 없어지진 않을 것이다.

왜 그런가 하면, 형태가 있는 것은 없어지기 쉽지만 형태가 없는 것은 없어지기 어렵기 때문이다.

스스로 자기 재물을 써버리는 것은 형태를 사용한 셈이고, 재물을 남에게 골고루 나누어 주는 것은 정신적으로 사용한 셈이 된다. 형태 없는 것으로 정신적인 향락을 누린다면, 변하거나 없어질 이유 또한 없다.

많은 재화를 비밀리에 숨겨두는 방법으로 남에게 베푸는 일보다 더 좋은 게 없다.

베풀어 주면 도적에게 빼앗길 걱정이 없고, 불이 나서 타버릴 걱정이 없고, 소나 말로 운반해야 되는 수고로움도 없다. 그리하여 자기가 죽은 다음 그 꽃다운 이름을 천년 뒤까지 남길 수도 있다.

자기 몸에 늘 재화를 지니고 다닐 수 있는 방법이 곧 이것이니, 세상에 이처럼 유리할 수가 또 있겠느냐?

꽉 쥐면 쥘수록 더욱 미끄러운 게 재물이니, 재물이야말로 메기 따위의 물고기 같은 것이니라.

丁若鏞

술병 속에 숨은 악마

너의 형이 왔을 때 시험 삼아 술 한 잔 마시게 했더니 취하지 않더라. 그래서 동생인 너의 주량은 얼마나 되느냐고 물었더니 너는 너의 형보다 배도 넘는다더구나.

어찌 글공부에는 그 아비의 버릇을 이을 줄 모르고 주량만 훨씬 아비를 넘어서는 것이냐? 이거야말로 반갑지 못한 소식이다. 너의 외할아버지는 술 일곱 잔을 거뜬히 마셔도 취하지 않으되 평생 동안 술을 입에 가까이 하지 않으셨다. 벼슬을 그만두신 후 늘그막에 세월을 보내실 때, 비로소 몇 십 방울 정도 들어찰 자그만 술잔을 하나 만들어놓고 입술만 적시곤 하셨단다.

나는 아직까지 술을 많이 마신 적이 없고 내 스스로의 주량을 알지 못한다. 벼슬하기 전 과거시험에서 세 번 일등 했던 덕택으로, 임금이 소주를 옥필통에 가득 따라 하사下賜(임금이 신하에게 물건을 내려줌)하기에 사양치 못하고 다 마시면서 '나는 오늘 죽었구나' 싶었으나, 그렇게 심하게 취하진 않았었다. 또 임금을 모시고 공부하던 중 맛난 술을 큰 사발로 하나씩 하사받았는데, 그때 여러 학사들이 만

취되어 정신을 잃고 남쪽을 향해 절하거나 더러 자리에 누워 뒹굴고 하였지만, 나는 내가 읽을 책을 다 읽어내 차례를 마칠 때까지 조금도 착오 없게 하였다. 다만 퇴근할 때 조금 취기가 있었을 뿐이다.

어쨌든 너희들은 지난날 이 애비가 반 잔 이상을 마시는 걸 본 적이라도 있느냐?

진정한 술맛이란 입술을 적시는 데 있다. 소 물 마시듯 마시는 사람들은 입술이나 혀에는 적시지도 않고 곧장 목구멍에다 탁 털어 넣는데, 그들이 무슨 맛을 알겠느냐?

술을 마시는 정취는 살짝 취하는 데 있는 것이지, 저들 얼굴빛이 홍당무처럼 붉고, 구토를 해대고, 잠에 곯아떨어져 버린다면 도대체 무슨 술의 정취가 있단 말이냐?

술 마시기 좋아하는 사람들은 병에 걸리기만 하면 고통스레 죽는 경우가 많다. 술독이 오장육부에 배어들어가 하루아침에 썩어 물크러지면 곧 온몸이 무너지고 만다.

이거야말로 건강에 크게 두려워할 일이다.

무릇 나라를 망하게 하고 가정을 파탄시키거나 난폭한 행동은 모두 술 때문이었다.

그래서 옛날에는 뿔이 달린 술잔을 만들어 조금씩 마시게 하였고, 더러 그런 술잔을 쓰면서도 절주할 수 없어, 공자께서는 '뿔 달린 술잔이 뿔 달린 술잔 구실을 못하면, 뿔 달린 술잔이라 하겠는가!'고 탄식하였단다.

너처럼 배우지 못하고 식견이 없는 폐족 집안의 사람으로서, 못된 술주정뱅이라는 이름을 더 가진다면 앞으로 어떤 등급의 사람이 되겠는가? 생각해 보아라.

조심하여 절대로 입에 가까이 하지 말거라.

제발 이 하늘 끝의 애처로운 아비의 말을 따르도록 하라.

술로 얻은 병은 등에서도 나고 뇌에서도 나며, 치루痔漏가 되기도 하고 황달도 불러 온다. 별별스런 기괴한 병이 발생하나니, 한 번 병이 나면 백 가지 약도 효험이 없다.

너에게 바라고 바라노니, 지금부터 당장 입에서 딱 끊고 마시지 말도록 하라.

밤 한 톨의 욕심

저녁 무렵에 숲을 거닐다가 우연히 어떤 어린아이의 울음소리를 들었다.

숨이 넘어갈 듯 울어대며 참새처럼 팔딱팔딱 뛰고 있더구나. 마치 여러 송곳으로 뼛속을 찌르는 듯, 방망이로 심장을 마구 두들겨 맞는 듯 비참하고 절박한 것이 잠깐 사이에 목숨이 꼭 끊어질 것 같은 모습이었다.

왜 그렇게 울고 있는지 알아보았더니, 나무 아래에서 밤 한 톨을 주웠는데 다른 사람이 빼앗아 갔기 때문이란다.

아아, 세상에 이 아이처럼 울지 않고 권세를 잃은 사람들, 재화를 손해 본 사람들과 자손을 잃고 거의 죽을 지경에 이른 사람들도, 달관한 경지에서 내려다본다면 모두 밤 한 톨로 울고 웃는 것과 무엇이 다르랴.

하늘 그물은 결코 빠져 나가지 못한다

옛말에 이르기를 '항상 가난하고 천하면서 인의仁義(어질고 정의로움)만 좋아한다면 역시 부끄러운 일이다'라고 하였다. 공자의 문하에서는 재리財利(재물과 이익)에 대한 이야기를 부끄럽게 여겼으나, 그의 제자인 자공은 재산을 늘리었다.

절개도 없으면서 누추한 오막살이에 몸을 감추어 명아주나 비름으로 배를 채우며, 부모와 처자식을 춥고 헐벗고 굶주리게 한 채 벗이 찾아와도 술 한 잔 권할 수 없으며, 명절 무렵 처마 끝에 걸린 고기는 보이지 않고 유독 빚 독촉하는 사람들만 대문을 두드린다면, 이는 천하에 몹쓸 졸렬한 일이다. 지혜로운 선비가 못할 짓인 것이다.

아울러 돈 궤짝을 들고 포구에 나가 앉아 먼 섬에서 오는 배를 기다렸다가, 무지한 어민들과 입이 닳도록 싸우며 몇 푼의 이익을 남기려 하고, 남의 것을 깎아 자기 이익을 더하려 근거 없는 소리로 속이고, 눈을 부라려 성을 내는 모습 또한 세상에서 지극히 졸렬한 사람의 행위이다.

어디 그뿐인가. 고리채 이잣돈을 놓아 사방 이웃들의 고혈을 빨면서, 어쩌다가 날짜를 어기면 약하고 불쌍한 채무자들을 잡아다가 나무에 매달아 수염 뽑고 종아리를 두들겨 패는 경우도 있다.

이런 사람은 온 마을에서 범과 이리라 불리며 가까운 일가들까지 원수처럼 미워한다.

이런 사람은 돈을 산처럼 얻는다 해도 한 세대를 보존할 수가 없다. 그것은 반드시 그 자손들에게 미치광이가 생기거나, 술을 좋아하고 여색을 밝히는 인간이 나와 그 재산을 뒤엎기 때문이다.

하늘의 법망法網은 넓고 넓어서 짐짓 성긴 듯해도 결코 빠뜨리지 않으니, 진정 두려워할 일이다.

그러므로 생활의 수단으로 농사와 목축만한 것이 없다.

문전의 가장 비옥한 밭을 구획하여 사방을 고르게 만들고, 네 계절마다 채소를 심어 집에서 먹을 분량을 공급해야 한다. 그리고 집 뒤꼍의 채마밭에는 진귀하고 맛좋은 과일나무를 많이 심고, 그 가운데에는 자그마한 정자를 세워 맑은 운치가 풍기게 하면서 겸하여 도둑 지키는 데 이용한다. 그리고 먹고 남은 여분도 비온 뒤마다 색 바랜 잎은 따내고 먼저 익은 것을 가려서 저자에 내다 판다. 혹 뛰어나게 크거나 탐스러운 것이 있으면 각별히 편지 써서 가까운 벗이나 이웃 노인에게 보내어 진귀하고 색다른 맛을 보게 한다면 이것도 넉넉한 덕이리라.

丁若鏞

지혜로운 머리와 궁리

하늘은 날짐승과 길짐승에게 발톱을 주고, 뿔을 주고, 단단한 발굽과 예리한 이빨을 주었다. 여러 가지 독도 주어서 저마다 공격할 수 있게 하고, 사람이 해 끼치는 것도 막을 수 있게 만들었는데, 사람에게는 벌거숭이인 채로 유약하게 제 생명도 지키지 못할 듯 만들어 놓았다. 어찌 하늘은 천한 짐승한테는 후하게 대접하고, 귀해야 할 인간에게는 이리 야박하였는가.

그것은 인간에겐 지혜로운 생각과 교묘한 궁리가 있으므로, 기예 技藝(기술상의 재주와 솜씨)를 익혀서 제 힘으로 살아가도록 했기 때문이다.

그런데 지혜로움도 한계가 있고, 교묘한 궁리로 깊이 파는 데도 순서가 있다. 따라서 비록 성인이라도 천 사람과 만 사람이 함께 논의한 것에는 결코 당해내지 못하며, 비록 성인이라도 하루아침에 결코 모두를 아름답게 만족시키지 못한다.

그러므로 사람이 많으면 그 기예는 더욱 정교해지고, 세대를 더 내려오면 그 기예는 더욱 오묘해지는 것이다.

하지만 시골 사람이 읍내 기술자의 솜씨와 같지 못하고, 읍내 사람이 큰 도시의 기교와 같지 못하며, 큰 도시 사람이 서울에 있는 새 방식이나 뛰어난 기술과는 같지 못하다.

저 궁벽한 촌마을 주민이 서울에 왔다가, 완전치 못한 방법을 우연히 얻어 듣고 기쁘게 돌아가 아는 체하며 스스로 만족해 말하기를 '천하에 이 방법보다 나은 것이 없다'고 하였다. 그 자손에게 경계하기를 '서울 기예라는 것은 내가 모두 배웠으니, 이제부터는 서울에서도 다시 더 배울 게 없다' 하였다.

이와 같은 이의 행동거지는 옳지 못하고 나쁘다.

농사짓는 기술이 좋으면 차지한 땅은 적어도 곡식 소출이 많으며, 그 힘들인 것은 가벼워도 곡식알은 좋고 충실한 것이다. 그러므로 너희는 부디 교만하지 말라.

모름지기 효도와 우애는 타고난 성품에 근거하고, 진실로 마음을 넓혀서 충실하게 닦아 밝히면 이 예의가 풍속을 이루게 될 것이다. 그러면 진실로 외래문화를 좇을 필요가 없으며, 또한 후세에 오는 사람에게 의지할 것도 없다.

그러나 백성이 사용하는 기구를 그 쓰임에 편리하게 하고, 삶을 넉넉하게 하는 데 필요한 온갖 기능은 뒤에 나오는 제도나 문물을 배우지 않으면 안 된다. 그렇지 않으면 결코 어리석고 고루한 것을 깨뜨리거나 이익을 만들 수가 없다.

이것은 나랏일을 도모하는 자가 마땅히 강구할 일이다.

丁若鏞

2장 | 율곡栗谷 이이

사람이 이 세상에 태어나서 학문을 거치지 않으면 사람이 될 수 없다.

소위 학문이란 것은 이상스럽거나 별다른 것이 아니다. 그것은 곧 어버이는 마땅히 자애로워야 하고, 자식은 마땅히 효도해야 하며, 신하는 마땅히 충성스러워야 하며, 부부는 마땅히 유별하고, 형제된 자는 마땅히 우애로워야 한다.

젊은이는 마땅히 어른을 공경해야 하고, 친구 사이에는 마땅히 신의가 있어 일상의 모든 일에 따라 그 합당함을 얻을 뿐, 잔꾀에 마음을 두어 필요 이상의 효과를 바라서는 안 된다. 학문을 멀리하는 사람은 마음이 막히고 식견이 어두운 까닭에 모름지기 글을 읽고 이치를 연구하며 마땅히 행할 길을 밝힌 다음에야 어떤 경지에 들어설 수 있다.

요즘 사람들은 학문이 일상생활 속에 있는 줄 모른 채 망령되게 높고 멀어 실천하기 어려운 줄로만 생각한다. 그래서 특별한 사람에게 미루고 스스로는 안일하게 자포자기 하니 어찌 불쌍하지 않으랴.

내가 황해도 해주에 거처하고 있을 때 한두 학생이 찾아와 학문을 물은 일이 있었다.

내가 스승이 될 수 없음을 부끄럽게 여기면서도 그들의 첫 배움길이 향방을 알지 못하고, 또 굳은 뜻 없이 대충대충 배움을 청한다면 서로가 도움되지 않은 채 오히려 남의 조롱만 살 것을 염려하여, 간략하게 한 책을 지었다. 그 내용인즉 '어떻게 마음을 세우고 몸가짐을 경계하여 부모를 봉양하며, 남을 상대하는가' 등이다. 그것이 곧 《격몽요결》이다.

이이李珥

1536년 강원도 강릉에서 태어난 율곡栗谷 이이李珥는, 어릴 때부터 머리가 총명하여 세 살 때 이미 말과 글을 배우기 시작했고, 여섯 살 때 어머니 신사임당申師任堂의 지도 아래 본격적으로 공부의 길로 들어섰다. 그리고 13세 때 진사 초시에 합격한 뒤로 학문에 더욱 열중하였다.

그러나 16세에 사랑하는 어머니를 여의고는 그 아린 슬픔을 견디지 못해 19세 때 금강산에 들어가 불경에 심취해 빠져들기도 했지만, 다시 유학에 온 마음을 기울여 퇴계 이황을 찾아가 학문과 세상의 일을 논했다.

이후 연거푸 과거에 장원 급제, 벼슬길로 들어서서는 줄곧 시대에 맞는 개혁 정치를 펼 것을 주장하고 실행했다. 또한 임금(선조)에게도 바른 말을 서슴지 않은 올곧은 교육가이기도 했는데, 자칫 관념에 빠지기 쉬운 당시 사대부 사회의 풍조와는 달리, 그는 실천적 윤리와 인간 본연의 기질을 더 중요시하였다. 기울어져 가는 국운을 바로 잡아 도탄에 빠진 민생을 구해내며, 이기합일理氣合一(본체와 현상이 하나 됨)의 결실을 거두어 보려는 의욕에 찬 일생을 보냈다. 그리고 마침내 1584년에 세상을 뜨다.

저서로는 《격몽요결》 《성학집요》 《율곡전서》 등이 있다.

먼저 뜻을 세우고, 스스로 기약하라

　학문을 처음 배우는 이는 먼저 뜻을 세워, 반드시 위대한 인물이 될 것을 스스로 기약하라. 털끝만큼이라도 스스로를 작게 여겨 물러서려는 생각이 있어서는 안 된다.

　본디 보통사람과 성인聖人의 그 본성은 마찬가지이다.

　비록 기질은 맑고, 탁하고, 순수하고, 사나운 면이 없지 않으나, 진실로 참답게 알고 실천하여 나쁜 관습을 버리고 그 본성을 회복한다면, 온갖 착함이 고루 갖춰지는 인간이 될 수 있을 것이다.

　그러므로 보통사람이라도 어찌 성인이 될 수 없을 것인가. 맹자가 성선설性善說을 주장하여, 말끝마다 요순堯舜(덕으로 태평성대를 다스린 중국 고대의 요임금과 순임금)을 들어 '사람은 다 요순이 될 수 있다' 하였으니, 어찌 우리도 그렇게 되지 못하겠는가.

　항상 스스로 분발하라.

　인간은 본래 착하여 지혜로움과 어리석음의 구별이 없는 데, 성인은 어찌하여 성인으로 태어나고 보통사람은 어찌하여 보통사람이 되는 것인가. 그것은 진실로 뜻이 서지 못하고 밝게 알지 못하며 행

李珥

동이 성실치 못한 까닭이다. 뜻을 세우고 밝게 알며, 행동이 착실한 것은 모두가 나에게서 비롯되는 것이다.

공자의 수제자인 안연이 말하기를, '순舜은 어떤 사람이며 나는 어떤 사람이냐? 마음만 먹으면 다 그렇게 된다' 하였으니, 나도 안연이 순임금을 바란 것을 삶의 목표로 삼아야겠다.

사람은 용모가 추한 것을 곱게 할 수 없다. 본래 체력이 약한 것을 엄청 강하게 할 수 없으며, 신체가 짧은 것을 길게 할 수 없다. 그것은 이미 정해진 분수라 고칠 수가 없기 때문이다. 오직 마음의 본바탕만은 어리석은 것을 지혜롭고 어질게 고칠 수 있으니, 이것은 마음의 신령스러움이 타고난 분수에 구애되지 않기 때문이다.

지혜보다 더 아름다운 게 없고 어진 생각보다 더 귀한 것이 없는데, 무엇이 괴로워서 어질고 지혜로움을 좇지 않으랴.

하늘이 부여한 본성을 왜 손상시킬 것인가.

사람이 이런 뜻을 간직하고 굳게 지켜 물러서지 않는다면, 거의 세상의 이치를 깨달았다고 할 수 있을 것이다. 모름지기 사람들이 스스로 입지立志(큰 뜻을 세움)하였다고 말하면서도 그 뜻에 맞게 힘쓰지 않고 방황하며 막연히 기다리는데, 그것은 말로만 입지를 내세울 뿐 실제로는 배움의 성의가 없어서이다.

진실로 나의 뜻이 참다운 배움에 있다면 어진 뜻을 행동으로 실천하라. 그렇게 하려고 들면 결국 그렇게 되고야 만다.

그런데 어찌 남에게서 그것을 찾고 어찌 후일만을 기다릴 것인가.

뜻을 세우는 일이 중요하려면, 즉시 공부를 시작하되 끝까지 물러서지 않으려는 배짱이 있어야 한다.

만일 뜻을 따르지 못한 채 그럭저럭 소중한 나날을 보낸다면, 나이가 다하여 죽도록 어찌 그 뜻을 성취할 수 있으랴.

李珥

어떤 사람이 졸장부인가

사람이 비록 학문에 뜻이 있어도 용맹스럽게 곧바로 나아가 성취할 수 없음은, 늘상 나쁜 버릇이 방해하기 때문이다. 나쁜 습관이 마음을 해치는 경우는 대개 다음과 같다.

첫째, 마음을 게으른 데 두고 몸가짐을 제멋대로 놀리며, 오직 한가하고 편한 것만 생각할 뿐 이치에 맞는 구속을 몹시 싫어하는 태도가 그것이다.

둘째, 항상 놀며 돌아다니는 것만 좋아하고, 조용히 안정하지 못한 채 바삐 들락거리면서 쓸데없는 이야기로 세월을 보내는 것.

셋째, 친한 사람만 좋아하거나 유행에 빠지는 것. 몸을 아끼고 나쁜 짓을 삼가려다가도 같은 패거리들에게 들킬까 봐 두려워하는 것도 진정 졸장부의 태도이다.

넷째, 글을 써서 남에게 칭찬받기를 좋아하며, 고전이나 좋은 글을 베껴 물에 뜬 듯 가벼운 문제나 꾸미는 것도 진정 졸장부의 짓거리이다.

다섯째, 교묘한 글씨에나 신경 쓰며 술과 노름을 일삼고, 편히 세상 보내는 것을 운치로 아는 것도 진정 졸장부의 짓거리이다.

여섯째, 한가한 사람을 모아놓고 바둑이나 즐기며, 하루 종일 배 불리 먹고 다투기만 해서는 안 된다.

일곱째, 부귀를 부러워하고 가난을 싫어하여 맛없는 음식과 헌 옷 입는 것을 심히 부끄러워하는 것이다.

여덟째, 즐기는 일에 절도가 없어 억제하지 못하여, 노래와 여색 에 젖어 그것을 꿀맛같이 여기는 것도 폐가망신하기 딱 알맞다.

이러한 습관들은 사람의 뜻을 견고하지 못하게 하고, 행실을 똑바 르지 않게 한다. 오늘 한 일은 내일 고치기 어려우며, 아침에는 지난 행실을 후회해도 저녁이면 다시 되풀이 된다. 모름지기 용맹스럽게 행동하고 뜻을 크게 펴서 한칼로 나무를 뿌리째 끊어버리듯 마음을 깨끗이 씻어내라.

거기에 늘 간절히 반성하는 노력을 더하여, 마음에 한 점 더러운 때가 없게 한 후에야 학문을 이야기할 수 있으리라.

李珥

바르게 사는 아홉 가지 방법

　배우는 자는 반드시 성심으로 도덕을 닦고, 세속의 잡스런 일에 흔들리지 않은 후에야 학문하는 기초가 서게 된다.

　공자의 말씀 중에도 '충성과 믿음을 기둥으로 삼는다'는 대목이 있다.

　주자가 해석하기를 '사람이 믿음직스럽지 않으면 모든 일에 맺음이 없어, 나쁜 짓을 저지르기는 쉬워도 착한 일을 행하기는 어렵다. 그러므로 반드시 충성과 믿음으로써 기둥을 삼아야 한다' 하였다. 반드시 충성과 믿음을 두 기둥으로 하여 용감하게 공부를 시작한 후에야 뜻하는 바를 이룰 수 있게 된다.

　항상 일찍 일어나고 늦게 잠자며, 차림새를 반드시 바르게 하고 용모와 얼굴색을 반드시 엄숙하게 하라.

　두 손을 모으고 바로 앉으며, 걸음걸이는 점잖고 말은 신중히 하라. 모든 행동을 경솔히 말고, 또 건방져서도 안 된다. 몸과 마음을 가짐에 '9용九容'보다 더 진실한 것이 없다. 그리고 학문을 진취시키고 뜻을 펴는 데는 '9사九思'보다 더 절실한 것이 없다.

이른바 '9용'이라는 것은,

걸음걸이를 무겁게 하라.(무엇보다도 행동을 가볍게 하지 말아야 한다)

손가짐을 공손히 하라.(손을 게으르게 놀리지 말며, 일이 없을 때에는 단정히 모으고 함부로 움직여서는 안 된다)

눈가짐을 단정히 하라.(눈을 똑바로 뜨고 흘겨보거나 간사하게 보지 말아야 한다)

입을 조용히 가지라.(말을 하거나 음식을 먹을 때를 제외하고는 함부로 움직이지 말아야 된다)

말소리를 조용히 하라.(재채기나 기침 등 쓸데없는 소리도 가능한 말아야 한다)

머리를 항상 곧게 하고 몸은 한쪽으로 기울거나 비스듬하게 하지 마라.(바른 자세를 지녀라)

숨쉬기를 정숙히 하라.(숨쉬기를 잘 조절하여 소리를 내서는 안 된다)

서 있을 때는 덕스럽게 서라.(한쪽으로 비뚤어지게 서지 말고 똑바로 위엄 있는 모습이 우러나야 한다)

얼굴을 엄숙하게 가꾸라.(얼굴 모습을 잘 가꾸어 태만한 기색이 없어야 한다)

그리고 '9사'라는 것은,

밝게 볼 것(보는 데 편견이나 욕심이 없이 바로 보면 밝아진다)

총명하게 들을 것(듣는 데 어려움이 없으면 모든 것이 밝아진다)

李珥

안색을 온화하게 할 것(얼굴빛을 온화하게 가지고 성난 티를 내지 말라)

태도가 공손할 것(단정치 않은 곳이 없게 하라)

말은 충실하게 할 것(한마디 말을 하더라도 진실이 아닌 말은 말라)

일하는 데는 경건하게 임할 것(한 가지 일이라도 쓸데없는 일은 하지 말며, 일할 때는 신중을 다하라)

의문이 있을 때는 물을 것(의심나는 것은 선생에게 물어서 반드시 알도록 하라)

화를 참으라(성이 나거든 이성으로 억제하여야 한다)

도리에 합당해야 비로소 얻을 것(재물을 보거든 의리의 분별을 밝혀 도리에 합당한 후라야 취한다)

항상 이와 같은 '9사·9용'을 마음에 새기고 몸을 살펴서 잠시라도 방심하지 말라.

공부방의 책상 모서리에 이를 써두고 자주 보고 실천하는 태도를 지녀라.

날마다 스스로를 점검하라

'예의가 아니면 보지 말며, 예의가 아니면 듣지도 말며, 예의가 아니면 말하지도 말며, 예의가 아니면 움직이지도 말라'는 이 네 가지 말은, 몸가짐을 닦는 데 가장 중요한 요점이다. 예의와 예의가 아닌 것은 처음 배울 때엔 분별하기가 어렵다. 그러나 반드시 그 이치를 연구하고 밝혀서 아는 데까지 힘써 실천한다면 깨닫는 바가 퍽 많을 것이다.

공부를 한다는 것은 날마다의 일상을 올바로 실천함에 있다. 평상시에 행동이 공손하여 일을 공경하고 다른 사람과 깊이 사귀면 그게 바로 공부이다. 글을 읽는 것은 이러한 이치를 밝히기 위해서이다.

의복은 화려하고 사치스러우면 안 된다. 추위를 막으면 되고, 음식은 감미로울 것이 아니라 시장 끼를 채울 정도면 충분하다. 사는 집은 필요 이상 안락할 것이 아니라 병나지 않을 정도면 된다.

오직 학문하는 노력과 마음씀씀이의 바름, 예의와 규칙을 지키는 데 날마다 힘쓰고 힘써서 자만하지 말아야 할 것이다.

세상살이에서 가장 절실한 것은 극기克己의 공부다. 이른바 '기

己'라는 것은 '내 마음이 좋아하는 바가 하늘의 뜻과 순리에 합당하지 않은 것'을 말한다. 그것을 이겨내라는 것이다. 모름지기 내 마음이 '여자를 좋아하는가, 재물을 좋아하는가, 명예를 좋아하는가, 벼슬을 좋아하는가, 편안한 일을 좋아하는가, 먹고 즐기는 것을 좋아하는가, 장난감을 좋아하는가'를 검토하고 살펴서, 그 좋아하는 것이 만일 이처럼 합당치 않으면 완전히 끊어 버리라. 그 뿌리를 남기지 않은 후에야, 내 마음에 좋아하는 것이 의리에 합당하여 이기심을 이길 수 있게 될 것이다.

말 많고 쓸데없는 생각 많은 것이 마음에 가장 해로우니, 일이 없으면 마땅히 바로 앉아 존심存心(욕망 따위로 본마음을 해치는 일 없이, 언제나 그 본연의 상태를 지키는 일)하고, 타인을 접하거든 마땅히 말을 가리어 간략하고 신중히 하라. 그렇게 되면 말할 때 말이 간단명료하지 않을 수 없으니, 말이 간단명료한 자는 도인에 가깝다.

선비의 예복이 아니면 절대 입지 않고, 선비의 말씀이 아니면 감히 말하지 않으며, 선비의 덕행이 아니면 감히 행하지 않는다 하였으니, 이것을 평생토록 명심해야 할 것이다.

공부하는 자는 한결같이 옳은 것만을 지향해야 하며, 불의가 이기게 돼서는 안 된다.

마음 밖의 부정한 것은 마땅히 일체 마음에 두지 말아야 한다. 친구들이 모여서 나쁜 장난을 치고 놀면 절대 눈으로 보지도 말고 물러나 피할 것이요, 쓸데없이 노래하고 춤추는 장면을 만나도 반드시 피해 가야 한다.

여러 모임에 윗사람이 억지다시피 참석시켜 피할 수 없으면, 비록 거기에 앉아 있더라도 용모를 바로하고 마음을 맑게 하라. 간사스런 외침이나 험상궂은 인상을 지어서는 안 된다. 연회에서 술을 마시더라도 너무 취하지 말고 알맞게 마시는 것이 옳다. 무릇 음식도 적당히 들 것이며, 내키는 대로 먹다가 몸을 망치는 일이 있어서도 안 된다.

말과 웃음을 절제해야 하며, 시끄럽게 굴어 그 절도를 지나쳐서는 안 된다.

움직임과 휴식은 얌전히 취하되, 그 품위를 잃어서는 안 된다.

일이 있으면 '이치'로써 응해야 하며, 독서할 땐 정성을 다하여 그 이치를 밝혀내야 한다. 이 두 가지 외에도 바로 앉아 마음을 가다듬고 마음이 고요하여 어지러운 생각이 없으며, 언제나 깨어 있어 사리에 밝아야 할 것이다. 이른바 '우러러 안을 곧게 하라'는 것이 이것이다.

마땅히 몸과 마음을 바로잡아 겉과 안이 한결같고, 어두운 데서도 밝은 데서와 똑같이 행동하며, 혼자 있을 때에도 여러 사람이 있을 때와 똑같이 행동하라. 내 마음을 사람들이 푸른 하늘을 보는 것처럼 훤히 볼 수 있게 해야 한다.

항상 '불의를 행하거나 죄 없는 한 사람을 죽여서 천하를 얻지는 않는다'는 뜻을 가슴 속에 새겨 둘 일이다.

'우러름을 바탕으로 그 근본을 세우며, 이치를 밝혀 착함에 이르

李珥

며, 힘써 행하여 실천하는 것' 이 세 가지는 평생의 목표이다. '생각에 사특함이 없을 것'과 '공경하지 않음이 없을 것'의 두 구절은 일생 동안 애용해도 다하지 못할 것이다. 마땅히 벽 위에 붙여두고 잠깐씩이라도 잊지 말도록 날마다 자주 점검하라.

마음이 굳건하지 않은가, 배움에 진전이 없지 않은가, 실천하기를 힘쓰지 않은가.

있으면 고치고 없으면 더욱 힘써서, 결코 게을리 말아야 한다.

이같은 것들은 죽은 뒤에나 그만둘 일이다.

책읽기에서 오는 깨달음

배우는 자는 항상 책 읽는 마음을 간직하라.

모름지기 이치를 궁리하여 그 착함을 밝힌 후에야 행동할 도리가 분명히 앞에 나타난다. 그리해야만 진보할 수 있다.

그러므로 옳은 길로 들어가는 데는 이치를 궁리하는 일보다 먼저 할 것이 없고, 이치를 궁리하는 데는 독서보다 더 먼저 할 일이 없다. 위인들의 마음 자취와 선악의 본받을 만한 점, 경계할 말한 것들이 다 책 속에 있기 때문이다.

독서하는 학생은 반드시 단정하고 바르게 앉아서 공경스럽게 책을 대하되, 마음을 하나로 묶어 똑바로 정신을 차리라. 그리고 뚫어질 듯 생각하고 또 깊이깊이 따져서, 그 주제를 풀이하여 매 구절마다에서 반드시 실천할 방법을 찾아야 한다.

만일 입으로만 읽거나 마음으로 체득하지 못하고 몸으로 행동하지 못한 채 '글은 글이요, 나는 나'일 뿐이라면서 아무런 깨우침이 없다면 무슨 이익이 있겠는가.

독서를 할 때에는 반드시 한 권의 책을 깊이 읽어서 그 뜻을 모두

李珥

알도록 통달하라.

　의심이 없게 된 다음에야 다른 책을 다시 읽을 것이요, 이것저것
많이 읽는 데만 힘써 바쁘게 섭렵하지 말아야 할 것이다.

배움이 없으면 이루지 못한다

학문을 한다는 게 얼마나 소중한 일인가?

일찍이 공자는 그 학문을 권하는 뜻에서 이렇게 말했다.

"사람이 넓게 배워서 뜻을 두텁게 하며, 절실하게 질문하고, 가깝게 생각하면 모든 어진 행동이 자연 그 속에 있는 것이다."

주희朱熹는 또 학문을 권하는 글에서 이런 말을 했다.

"집이 아무리 가난하다 할지라도, 가난하다고 해서 학문을 아니할 수는 없다. 또 이와 반대로 집이 아무리 부자라 할지라도, 이 부자인 것을 믿고 학문을 게을리 해서는 안 된다. 가난해도 학업에 부지런해야만 자기 몸을 일으킬 수 있고, 부자로 살면서도 학업에 부지런하면 이름이 빛나는 것이다. 내가 볼 적에는 배우는 자만이 이름을 내어 잘 살게 되고, 배우지 못한 자는 결국 아무 것도 이루지 못한다. 그러므로 학문이란 바로 자기 몸을 빛내주는 보배요, 학문이 곧 세상에서 가장 보배로운 것이다. 따라서 배우면 비로소 군자가 되고 배우지 않으면 소인小人이 되는 것이니, 이 뒷세상에 학업을 일삼는 자들은 마땅히 여기에 힘을 써야 한다."

이 글들에서 보면, 자기 몸을 일으키거나 이름을 빛내고, 또 나아가서 군자가 되는 길은 오직 학문에 있는 것이다. 학문하지 않고 자기 몸을 일으킨 자가 없듯이, 학문을 외면하고서 이름이 빛나는 군자가 되었다는 말은 일찍이 들은 적이 없다.

장자莊子는 뭐라 말했는가

그 역시 학문을 이렇게 말했다.

"사람이 학문을 하지 않는 것은, 마치 아무런 재주도 없이 하늘에
올라가려고 하는 것과 마찬가지다. 또 사람이 공부를 해서 지혜가
높아지고 보면, 이것은 마치 상서로운 구름을 헤치고 저 푸른 하늘
을 보는 것과도 같다. 또 높은 산마루에 올라가서 온 천하를 눈 아래
에 굽어보는 것과도 같은 상쾌한 기분이다."

아무리 자신이 재주 있는 듯이 날뛰고 잘난 체 뽐내 봐도 학문이
아니면 소용없다는 것이다. 그것은 아무런 꾀도 기술도 없으면서 저
드높은 하늘에 올라가 보겠다는 허세 부림과 다를 게 없기 때문이
다. 그와 반대로 사람이 학문을 쌓아 그 지혜가 원대해지고 보면, 그
다음에 나타나는 현상은 어떠한가?

중천에 떠있는 구름덩이를 헤치고 푸른 하늘을 바라보는 기분, 사
람이 오르지 못하는 높다란 산마루에 올라서서 천하를 굽어보는 기
분과도 같이 상쾌한 것이라고 장자는 말했다.

나는 여기에서 권학문勸學文 몇 구절을 더 인용해 보충하려 한다.

李珥

송宋나라 진종眞宗의 권학문은 이렇다.

"집을 부자로 만드려면 좋은 밭 사는 것 소용없나니, 글 속에 스스로 천 가지 곡식 있네. 편안하게 살려고 높은 집 지을 필요 없나니, 글 속에 저절로 황금집이 있네. 문 밖 나갈 때 사람 따르지 않는다고 한탄하지 말게. 글 속에 있는 수레와 말 마치 숲처럼 많네. 아내 얻는데 좋은 중매쟁이 없다고 한탄하지 말게. 글 속에 있는 계집, 그 얼굴 옥과도 같네. 남아로 태어나 평생 뜻을 이루려거든 부지런히 창 앞에 앉아서 육경六經을 읽을 것이네."

다음은 사마온공司馬溫公의 권학가를 살펴보자.

"자식을 기르기만 하고 가르치지 않는 것은 아비의 과실이요, 가르치는 데 엄하지 않는 것은 스승의 게으름일세. 아비 가르침, 스승의 엄함, 모두 다 잘했는데도 학문이 이루어지지 않는 것은, 오직 자식의 죄일세. 따뜻한 옷에 배불리 먹고서도 인륜은 알아야 하는 것, 그렇지 못하면 웃고 말하는 게 마치 흙덩이 무너지는 모양일세. 높은 곳 오르려 해도 오를 길 없이 아래로만 흐르니, 조금만 어진 사람 만나도 묻는 말 대답 못하네. 후생들에게 권하노니 힘써 가르침 구하고, 밝은 스승에게 배우고, 스스로 어두운 사람 되지 말라. 하루아침 벼슬길에 오르고 보면, 과연 친구들도 나를 일러 선배先輩라고 부르네. 집 안에서 만일 혼인을 이루지 못했어도, 저절로 아름다운 사람 있어 배필 구하리. 힘쓰라, 너희들 모두 저마다 일찍부터 학업을 닦고, 늙은 뒤에 한낱 후회만 하지 말라."

왕형공王荊公의 권학문은 아래와 같다.

"글 읽는 데는 아무것도 소비됨이 없고, 글 읽는 것은 만 배나 이익이 되네. 글에서 벼슬하는 사람의 재주 나타나고, 글은 더욱 군자의 재주 보태주네. 힘 있으면 곧 책 쌓아 둘 집 마련하고, 힘 없으면 곧 책 넣어 둘 궤짝 마련하게. 창 앞에 앉아 옛날 책을 보고 등불 밑에서 글뜻 찾아보게. 가난한 자도 글로 해서 부자 되고, 부자는 글로 해서 더욱 귀해지네. 어리석은 자 글을 보고 착해지고, 착한 자 글로 해서 이익 생기네. 나는 다만 글 읽어 영화로운 것 보았고, 글 읽다가 타락하는 것 보지 못했네. 금을 팔아 책 사서 읽으라. 글 읽으면 금을 도로 사기 쉬운 것. 좋은 글 느닷없이 만나기 어렵고, 좋은 글 참으로 보기 힘드네. 여기 글 읽는 사람에게 권하노니, 좋은 글을 마음속에 두어 기억하게."

백낙천白樂天은 이렇게 말했다.

"밭이 있어도 갈지 않으면 창고는 빌 것이고, 책이 있어도 가르치지 않으면 자손은 어리석으리. 창고가 비면 세월 보내기 궁색하고, 자손이 어리석으면 예의에 서투르네. 만약 농사도 짓지 않고 가르치지도 않는 것은, 이는 곧 그 부형의 과실일세."

옛날 증국번曾國藩은 가족에게 준 편지에서, 그 아우가 서울로 와서 좀 더 좋은 학교에 다니고 싶다고 한 말에 대답하여 다음과 같이 말했다.

"공부가 하고 싶다면 시골학교에서도 할 수 있다. 사막에서나 사

李珥

람의 왕래가 심한 거리에서도 할 수 있고, 또 나무꾼이나 목동이 되어서도 할 수가 있다. 공부하고 싶은 의지가 없다면 시골학교 뿐 아니라, 조용한 시골집이나 신선이 사는 섬에서도 공부하기에는 적당치 않다."

흔히 세상에는 그 어떤 책을 읽으려 할 때 책상을 대하고 앉아 거만한 태도를 취하고는 방안이 너무 좁다는 둥, 의자가 너무 딱딱하다는 둥, 채광이 너무 강하다는 둥, 그래서 공부를 할 수 없다는 둥, 불평꾸러기인 사람이 있다.

그런가 하면 모기가 너무 많다는 둥, 종이가 너무 번쩍인다는 둥, 거리의 소음이 너무 심하다는 둥, 불평을 늘어놓고는 공부할 수 없다고 한탄하는 사람도 있다.

그러나 송나라 큰선비 구양수歐陽修는 '삼상三上이 공부하기에 제일 좋은 곳'이라고 말했다. 이 삼상이란 침상枕上·마상馬上·측상廁上을 말한다. 침상은 베개 위에서, 누워서 공부하는 것을 말한다. 마상은 말 위에서, 말을 타고 길을 가면서도 책을 읽는다는 뜻이다. 또 측상은 뒷간 위에서, 용변하러 뒷간에 간 사이에도 글을 읽는다는 말이다.

이렇게 사람은 책 읽을 의지만 있다면 어느 때 어느 곳에서나 읽을 수가 있다고 했다.

힘이란 뜻을 담는 그릇

마음에 갖추어진 본성이 일어나 정이 되는 것이다.

본성이 본시 착한 것이면 정 또한 마땅히 착해야 할 터인데, 정에 혹 착하지 않은 것은 어찌된 까닭일까.

뜻은 본래 순수한데 그것을 움직이는 힘에 맑고 탁한 것이 있기 때문이다.

힘이라는 건 뜻을 담는 그릇이다. 뜻이 생기지 않았을 때에는 힘이 쓰이지 못하고, 순수하나 뜻이 생겨날 때에는 선악이 비로소 나뉘니, 선이란 맑은 기운이 일어난 것이요, 악이란 탁한 기운이 일어난 것이다.

그 근본은 다만 천지조화일 뿐이다.

뿌리를 깊이 내려라

정情의 착한 것은 청명한 기를 타고서 자연을 따라 곧바로 나가 그 중심을 잃지 않고 인·의·예·지의 뿌리가 됨을 볼 수 있으므로 사단四端(사람의 본성에서 우러나는 네 가지 마음씨)이라 이름 한다.

정이 착하지 않은 것은 비록 뜻에서 비롯되었으나 일단 더러운 힘이 가로막아 그 본체를 잃는다. 그래서 혹 지나치기도 하고 미치지 못하기도 하여 어진 것에 뿌리를 박고 있으면서도 도리어 어진 것을 해치는 것이다.

옳은 것에 뿌리를 박고 있으면서 도리어 정의를 해치며, 예의 도덕에 뿌리를 박고 있으면서 도리어 예의 도덕을 해치고, 지식에 뿌리를 박고 있으면서 도리어 지식을 해치므로 단端(도덕심과 인심을 말함)이라 할 수 없다.

학자는 반드시
부귀를 가벼이 여기고,
빈천을 지키겠다는
마음을 가져야 할 것이다.

栗谷 李珥

사람의 아들이 해야 할 일

사람으로서 부모에게 효도할 것을 모르는 이는 없으리라.

그러나 진정으로 효도하는 이가 적은 것은 부모의 은혜를 깊이 모르는 까닭이다. 《시경》에 이르기를 '아버지는 날 낳으시고 어머니는 나를 기르셨으니, 이 은덕을 갚고자 하면 하늘같이 망극하다. 사람이 태어날 때 그 목숨과 혈육은 모두 어버이가 주신 것, 숨과 기氣와 맥脈이 두루 그로부터 비롯되었다. 그래서 효자들은 항상 슬프도다. 부모의 은혜를 어이 갚으리' 하였다.

어찌 감히 몸을 제 것이라 생각하여 부모에게 효도하지 않을 수 있으랴. 사람마다 항상 이 마음을 보전할 수만 있다면 스스로 부모에 대한 정성이 생기리라. 요컨대 부모를 섬기는 자식은 한 가지 일, 한 가지 행동이라도 감히 제 마음대로 말고, 반드시 명령을 받은 후에야 행동할 일이다.

만일 당연히 할 일을 부모께서 허락하지 않으시면 반드시 간곡하게 말씀드려 승낙을 얻은 후에야 실행할 것이요, 끝내 허락하지 않으시더라도 제 의사대로 곧장 밀고 나가서는 안 된다.

새벽에 일어나 세수하고 머리를 빗고 의복을 갖춘 후, 부모의 침실에 가서 태도를 바로하고 음성을 부드럽게 하여 따뜻하고 추운지 안부를 여쭈어라.

저녁이면 침실에 가서 이부자리를 보아드리되 덥고 추운 것을 살피며, 시중을 들 때에는 항상 즐거운 얼굴로 공손히 응대하여 매사에 정성을 극진히 하라. 바깥으로 출입할 때는 반드시 인사드리고 그 내용을 아뢰어야 한다.

요즈음 사람들은 흔히 부모에게 의지할 뿐 자신의 힘으로 부모를 봉양하지 않으려 한다. 만약 이렇게 세월만 보내다 보면 끝내 부모에게 은혜 갚을 날이 없으리라.

모름지기 살림을 맡아 부모를 극진히 모신 후에야 자식의 할 일을 바로 닦는 것이다.

만일 부모가 자식이 모시려 해도 듣지 않으시면, 비록 살림살이가 궁색하더라도 마땅히 부모가 잡수실 것을 극진히 준비해야 한다. 생각이 오로지 극진한 부모 봉양에 있다면 그 어떠한 진미도 얻을 수 있을 것이다.

중국의 왕연이라는 사람은, 한겨울에 입을 옷이 없으면서도 부모에게는 극히 맛있는 음식을 드렸다고 한다. 이를 생각하면 감탄하려 눈물이 절로 흐르지 않을 수 있으랴.

보통 아버지와 아들 사이의 사랑은 지나치게 허물이 없다. 그러나 이런 폐습은 반드시 씻어 버리고 존경심을 극진히 지녀라.

李珥

133

부모가 앉거나 누운 자리에는 자식이 감히 앉거나 눕지 못하며, 부모께서 접객하던 곳에선 자식이 감히 손님을 접대하지 못하며, 부모가 말을 타고 다니던 곳에선 자식이 감히 말을 타고 다녀서는 안 된다.

부모의 뜻이 의리를 해치는 것이 아니면 반드시 받들어서 조금도 어기지 말 것이요, 만일 이치에 부당한 것이면 화평하고 부드러운 기색과 음성으로 되풀이 말씀드려 이해하시도록 할 것이다.

부모가 병환에 들어 계시면 마음으로 걱정하고, 다른 일을 제쳐놓은 채 의원부터 찾아 가라. 약을 짓고 치료하는 일에만 힘쓰다가 병이 나으신 다음에야 평상시대로 행동할 것이다. 나날이 살아가면서 잠깐이라도 부모를 잊지 않을 때 비로소 '효도'라 할 수 있다. 제 몸가짐이 착실하지 못하고 말하는 것에 법도가 없으며, 항상 즐겨 놀기만 하는 자식은 모두를 배반하는 불효자이다.

세월은 유수와 같아 부모님을 오래 섬기지 못한다.

그러므로 자식 된 자는 모름지기 정성을 다하고 힘을 다해도 부모의 은혜를 끝내 갚지 못한다. 옛사람의 시에 '하루의 부모 공양은 높은 벼슬의 부귀와 바꿀 바가 아니다'라고 하였다. 이른바 '시간을 아낀다'고 하는 일이 이와 같은 것이다.

쉽고도 어려운 사람 노릇

집을 꾸려가는 데는 마땅히 예법을 잘 지켜서 가족들을 거느리되, 저마다 직분을 나누고 일을 맡겨 그 성공을 책임지워야 한다.

씀씀이의 법도를 마련하여 수입을 헤아려서 지출하며, 경제 수준에 맞추어 윗사람·아랫사람의 의식衣食과 집안 행사 비용에 충당하되, 긴요치 않은 비용은 줄이고 사치를 금지하라. 그리고 항상 여분을 두어 예기치 않게 쓸 일에 대비해야 한다.

관혼冠婚(성인식과 혼인)의 제도는 마땅히 가정의례 원칙을 지킬 것이요, 유행을 따르지 말아야 한다.

형제는 부모의 몸을 한 가지로 받아 한 몸과 같다.

서로 너와 나의 구별 없이 음식과 의복을 모두 다 같이 입고 먹어야 한다. 만약 형은 배고픈데 아우만 배부르거나 아우는 추운데 형만 따뜻하다면, 이것은 한 몸 가운데 한 부분만 병들고 건강한 것이니, 심신이 어찌 한 쪽만 편안하랴.

요즈음 사람들이 형제간에 서로 사랑하지 않는 것은 다 부모를 사랑하지 않기 때문이다. 만일 부모를 사랑하는 마음이 있다면 어찌

李珥

부모의 자식을 사랑하지 않겠는가. 형제가 만일 불량한 행실이 있으면 마땅히 정성을 다해 충고하라. 그러나 이치에 거스르는 말을 하여 형제의 우애를 잃어서는 안 된다.

요새 배웠다는 이들은 밖으로 긍지를 내보이며 자랑하나 안으로는 착실함이 적다. 남녀 사이에 정욕을 지나치게 낭비하여 그 예의를 잃는 까닭에, 남녀가 서로 희롱할 뿐 공경할 줄 모른다.

이렇게 하고서야 수신제가修身齊家(몸과 마음을 닦아 수양하고 집안을 다스리는 일)하려면 당연히 어렵지 않겠는가. 모름지기 남편은 부드럽되 바른 도리로써 절제하고, 아내는 순하되 바른 도리로써 받들어 부부간에 예의와 공경을 잃지 않게 된 후에야, 집안 일이 잘 다스려질 수 있다.

만일 습관처럼 서로 희롱하다가 하루아침에 갑자기 서로 공경하려 한다면 잘 행해지기 어렵다. 그럴 때는 모름지기 처와 서로 경계하여 반드시 이전의 습관을 버리고 점차로 예의에 들어맞도록 해야 한다. 아내가 남편의 언어와 몸가짐이 한결같이 올바른 것을 보면 점점 서로 믿고 순종하게 될 것이다.

자식을 낳으면, 조금씩 사리를 알기 시작할 때부터 착한 쪽으로 가르치고 인도하라.

어리다고 가르치지 않는다면 커가면서 이미 비리에 물들고 방만해져 가르치기 어렵다. 한 집안에 예법이 바로 서있고, 서적과 붓, 먹 외의 다른 잡기가 없다면, 자식들도 역시 밖으로 내달아 학문을 저

버릴 염려는 없을 것이다.

형제의 자식도 내 자식과 같다. 사랑하고 가르치기를 마땅히 하나같이 고르게 해야지 차별이 있어서는 안 된다.

하인은 나의 수고로움을 대신하므로 의당 은혜를 먼저 베풀고, 위엄을 뒤로 내세워야 그 존경심을 얻을 것이다. 임금이 백성에게, 주인이 하인에게 대하는 이치는 모두 똑같다. 임금이 백성을 생각지 않으면 백성이 흩어지고, 백성이 흩어지면 나라가 망한다. 주인이 하인을 거두지 않으면 하인이 흩어지고, 하인이 흩어질 때 집이 망하는 것은 진리인 것이다.

하인에게는 반드시 춥고 배고픈 것을 염두에 두고 살펴서 옷과 먹을 것을 주어 생계를 해결하도록 하라. 허물이나 악의가 있으면 먼저 부지런히 가르쳐서 고치도록 하라.

가르쳐도 고치지 않을 경우에는 매를 치되, 마음속으로 주인의 매질이 '가르쳐 깨우침'에 있을 뿐 결코 미워서가 아닌 줄 알게 할 때, 그의 잘못을 고치고 복종케 할 수 있다.

집안을 다스리는 데에는 마땅히 예법으로써 내외를 분별하여, 비록 하인들이라도 남녀가 섞어 거처하지 못하게 하라. 만일 싸우고 시끄럽게 구는 자가 있으면 엄격히 다스려야 한다. 군자는 바른 도리를 근심할 뿐 가난을 걱정해서는 안 된다.

집안이 가난하여 살아갈 수 없으면 궁색함을 구할 계책을 세우더라도 춥고 배고픈 것이나 면케 할 뿐, 재물을 모아 풍족하게 살 생각을 말라. 또한 보잘것없는 세간을 마음속에 두어서는 안 될 것이다.

옛날 선비들은 짚신을 삼아서 팔아먹고 사는 이도 있고, 나무를 하거나 고기잡이를 한 자도 있으며, 밭을 갈아 먹고 사는 사람도 있었다. 이러한 사람들은 부귀가 결코 그 마음을 움직이지 못한 까닭에, 이러한 생활에도 마음이 편했다. 만일 이해利害를 헤아려 풍족한 살림을 꾀하려는 마음이 있다면 어찌 나쁜 짓을 저지르지 않을 수 있겠는가.

배우는 자는 모름지기 부귀를 가벼이 알고 청빈淸貧(깨끗하게 살아 가난함)을 지키겠다는 마음을 가져야 한다.

집이 가난하면 가난에 시달리어 그 본분과 명예를 잃는 이가 많다. 배우는 자는 올바르게 판단하여 이 점에 유혹되어서는 안 된다.

옛사람의 말에 '궁색하거든 그 일하지 않는 바를 보며, 가난하거든 얻고자 노력하지 않는 그 모습을 보라' 하였으며, 공자는 '소인배는 궁하면 예의와 법을 어긴다'고 하였다.

만일 가난에 동요되어 옳은 도리를 행하지 못한다면 공부하여 무엇에 쓰랴.

모름지기 사양할 때는 주저하지 말라. 무엇을 주고받는 경우에도 반드시 도리와 도리 아닌 것을 바르게 생각하라. 도리거든 받고 불의라면 털끝만큼도 받아서는 안 될 것이다.

친구 사이에는 재물을 나누는 의리가 있으므로 어려울 때 주고받는 것은 당연한 노릇이지만, 내가 부족하지 않을 때 재물을 받아서는 안 된다.

그밖에 아는 사이에도 다만 명분이 있는 선물만 받고, 명분 없는 선물은 받지 말아야 한다. 명분이 있다 함은 초상났을 때의 부의賻儀(상가 집에 보내는 돈이나 물건, 또는 그 행위), 여행할 때의 여비, 혼사 때의 부조나 양식이 없을 때 도와주는 선행 따위가 그것이다. 만일 대단히 악한 자로서 내 마음에 더럽고 밉게 여기던 이라면, 그 선물이 비록 명분이 있더라도 받으면 마음이 불안할 것이다. 불안한 것은 억지로 받지 말아야 한다.

맹자는 '양심에 거리끼는 짓을 말라' 하였으니, 이것이 바른 도리를 행하는 법도이다.

李珥

인간관계, 그 나눔의 공식

사람을 상대하는 데는 마땅히 인정과 존경심에 힘쓸 일이다. 나이가 나보다 배가 되면 아버지처럼 섬기며, 십년 위이면 형으로 섬기라. 그가 누구든 나보다 나이가 많으면 먼저 존경심을 가져야 한다. 조금 배웠다고 해서 그 지식을 믿고 스스로 높은 체하거나 기개를 뽐내어 남을 능멸치 말아야 한다.

벗을 택하되 반드시 학문을 숭상하고 착한 일을 좋아하며, 바르고 엄숙하고 정직하고 성실한 사람을 선택하라. 그와 함께 거처하면서 그 벗의 법도를 진심으로 받아들여 나의 부족함을 다스릴 것이요, 만일 태만하여 장난을 좋아하거나 유약하고 아첨하며 정직하지 못한 자는 사귀지 말아야 한다.

고향의 착한 사람과는 반드시 친근하여 정분을 통할 것으로되, 착하지 않은 사람이라도 나쁜 말로 그의 비루한 행위를 널리 퍼뜨리지 말라. 그저 태연히 대접하되 서로 왕래하진 말아야 한다. 만날 때 서로의 안부나 묻고, 다른 말을 주고받지 않으면 자연히 멀어지게 된다. 원망하거나 성낼 일도 생기지 않을 것이다.

소리가 같으면 서로 화답하고 기질이 같으면 서로 찾게 되니, 만일 내가 학문에 뜻을 두면 내가 또 다시 학문하는 친구를 구할 것이요, 학문하는 친구는 또한 나를 구할 것이다.

명색이 '학문한다' 하면서 마당에 잡객이 찾아들어 시끄러이 나날을 보내는 자는, 반드시 그 즐거워하는 바가 학문에 있지 않은 까닭이다. 인사 차리는 예법은 꼭 정해서 말할 수는 없지만, 대개 아버지의 친구 분이거나 동네에서도 나이가 열다섯 이상 연장인 분, 선생님, 집안 어른들에게는 깍듯이 절하는 것이 법도이다.

장소와 때에 따라 들어맞게 할 것이요, 예의에 벗어나지 않는 한 크게 구속될 필요는 없다. 그러나 항상 자기를 낮추고 남을 높이는 의사를 마음속에 지니고 있는 것이 옳다.

《시경》에 '온화하고 공손한 사람이여, 오직 덕의 기초로다' 하였다.

나를 훼방하는 자가 있으면 반드시 돌이켜 스스로를 반성하라.

만일 내가 정말 훼방 받을 만한 행동이 있었으면 스스로 꾸짖어 고쳐야 할 것이다.

만일 나의 과실이 아주 작은데도 그가 보태어 말했다면, 그의 말이 비록 지나치기는 하지만 내가 실로 훼방 받을 근거가 있었으니, 역시 지난날의 잘못을 통절히 파헤쳐 털끝만큼이라도 남겨 두지 말아야 한다.

만일 내게는 본래 허물이 없는데 헛소리를 날조하였다면 그는 망령된 사람일 뿐이니, 망령된 사람과 어찌 잘잘못을 따질 것인가.

李珥

그러므로 헛된 훼방은 바람이 귀를 스쳐가고 구름이 허공에 떠있는 것과 같다. 그것이 나에게 무슨 상관이 되겠는가. 따라서 훼방이 될 만할 일이 있었으면 고치고, 없었으면 더욱 착한 일에 힘쓸 것이다. 그러면 나에게 유익하지 않을 것이 없다.

만일 그것을 듣고 시끄러이 스스로를 변명하면서 자기를 허물없는 입장에 놓으려 한다면, 그 허물은 더욱 깊어져서 남들한테서의 훼방은 더욱 무거워진다. 무릇 선생이나 웃어른을 모실 때는 마땅히 의리의 알기 어려운 곳을 질문하여 그 배움을 밝혀야 한다.

집안이나 마을의 어른을 모실 때는 마땅히 조심하고 공손하며 함부로 말하지 않는다. 어른께서 묻는 말씀이 있으면 공경히 진실로써 대답해야 한다.

친구와 같이 있을 때는 마땅히 도의로써 연구 연마하여 오로지 문자와 의리만 말하라. 세속의 비루한 말이나 이해득실, 윗사람들의 어질고 어질지 못한 점, 타인의 허물이나 좋지 아니한 점을 일체 입에 담지 말아야 한다.

동네친구와 더불어 있을 때 비록 묻는 데 따라 응답하더라도 끝내 비루하고 잡스런 말을 뱉지 말라. 오직 착한 말로 달래고 이끌어서 학문에 나아가도록 해주며, 나보다 나이 적은 자에게는 순순히 효도와 우애, 충성, 믿음을 말하여 착한 마음이 생겨나도록 하라. 이렇게 하기를 즐기면 풍속을 점점 좋게 변화시킬 수 있다.

항상 온순하고 공손하고 자애로우며, 남을 이롭게 하라.

남에게 재물을 주는 것을 즐길 것이요, 남을 괴롭히거나 해 끼치는 일은 털끝만큼도 마음에 두지 말라. 사람이 자기 자신을 이롭게 하려면 반드시 남을 침해하게 되는 까닭에, 배우는 자는 먼저 이기심을 끊은 후에야 학문에 정진할 수 있다.

선비는 부득이 일이 아니면 관가에 출입하지 말라. 고을의 수령이 비록 친한 사이라도 자주 찾지 말 일인데 하물며 친구가 아님에랴.

행여나 의롭지 못한 청탁 같은 것은 일체 말 일이다.

李珥

주어진 직분에 충실하라

　사람들이 흔히 '과거시험 때문에 학문을 할 수 없다' 하나, 이것은 핑계일 뿐 성심에서 나온 말은 아니다. 옛사람은 부모를 봉양할 때 밭을 갈기도 하고, 품팔이도 하고, 쌀을 지고 다니던 경우도 있었다. 이렇게 고생이 심한 상황에서 어느 겨를에 글을 읽었을까만, 부모를 위해 일하고, 자식 된 직분을 닦으며 그 여력으로 글을 배웠어도 역시 덕을 쌓을 수 있었다.

　지금의 학자들은 옛사람같이 부모를 위하여 일하지 않고, 다만 시험공부 한 가지가 부모의 욕심이므로 그에 열심히 따르지 않을 수 없다. 시험공부는 학문을 연구하는 것과는 다르나 역시 앉아서 글을 읽고 짓는 것이니, 밭 갈고 품팔이하며 쌀을 지는 것보다는 백배나 편하지 않겠는가.

　요즘 사람들은 고시공부를 한다면서 실제로는 노력을 기울이지 않고, 성리학을 공부한다면서 실제로는 시간만 죽인다. 만일 고시공부를 나무라면 '나는 철학에 뜻을 두어 거기에 전념할 수 없다' 하고, 만일 철학이 모자란다고 나무라면 '나는 고시공부 관계로 그것을 할 수 없다' 한다.

이처럼 형편대로 둘러대고 유유히 세월을 보내다가, 마침내 시험과 철학을 모두 성취하지 못하게 되니 늙어서 뒤늦게 뉘우친들 무슨 소용 있으랴.

아아, 경계하지 않을 수 없다.

사람들은 벼슬하기 전에는 벼슬에만 급급하다가, 벼슬한 뒤에는 또 그 벼슬을 잃을까 걱정한다. 이렇게 골몰하다 본심을 잃는 사람도 많다. 이 어찌 두렵지 않겠는가.

李珥

모든 것은 마음에 달려있다

참된 인간은 먼저 큰 뜻을 품어야 한다. 성스럽고 위대한 인물의 경지에까지 이르는 것을 목표로 삼아, 털끝만큼이라도 그에 미치지 못하면 결코 훌륭한 삶을 살았다고 할 수가 없다.

마음이 굳게 정해진 사람은 말수가 적어진다. 그와 마찬가지로 마음을 결정할 때 역시 말을 적게 하지 않으면 안 된다. 말을 많이 하면 어떤 일도 순탄하게 시작할 수가 없다.

굳이 말을 해야 될 경우라면, 상대방과 가능한 한 간단명료하게 끊고 맺어야 한다.

모든 것은 마음에서 비롯된다.

그 마음이 오랫동안 풀어져 있으면 어떠한 일에서도 힘을 얻을 수가 없다. 마음은 곧 살아 움직이는 것이어서, 무엇보다도 나쁜 마음이 우러나지 않게 조심해야 한다.

그렇지 않으면 마음은 곧잘 유혹의 구렁텅이에 빠지고 나쁜 행동을 불러일으킨다. 한번 나쁜 길로 빠지게 되면 다시 일으켜 세우려 해도 더욱 어지러운 혼란만을 느껴 스스로 해결할 수 없어진다. 마음을 다스리는 법은 그만큼 중요한 것이다.

나쁜 마음을 끊을 경우에도, 그 끊었다는 사실 자체가 어지러운 장애물로 가슴 속에 가로놓여 새로운 혼란을 또 부채질한다.

정신이 어지러울 땐 모름지기 마음을 하나로 묶어 조용히 다스리며 관조할 뿐, 거기에 더불어 끌려 다니지 말아야 한다. 마음을 잘 다스리면 결국엔 안정을 되찾고 자신이 목적하는 일을 위해 정진할 수가 있다. 이것이 곧 마음을 안정시키는 첫째 단련법이다.

생활 속의 학문

항상 삼가고 두려워하는 조심성을 지니라.

혼자 있을 때 더욱 근신謹愼(말이나 행동을 삼가고 조심하는 것)하는 뜻을 가슴에 새겨 바르게 행동할 일이다.

게으르지 않고 바쁘게 살면 결코 못된 마음이 일어나지 못한다.

모든 악惡은 매사에 조심성이 없고 심성이 착하지 못한 데서 생겨나는 법이다.

착하고 조심성 있는 삶을 살 때라야, 비로소 목욕하고 난 다음의 개운함 같은 의미를 깨닫고 맛볼 수 있다.

생각을 멈추지 마라.

동트기 이른 새벽에 일어나면 아침에 해야 할 일을 생각하고, 아침밥을 먹고 나서는 낮에 할 일을 챙기며, 잠자리에 들 때에는 하루 일을 반성하며 내일 해야 할 일을 생각하라.

일은 반드시 합당하고 순리에 맞게 처리할 것을 생각하라. 그러기 위해선 글을 읽어야 한다. 글을 읽으면서 잘잘못을 가리는 지혜를 터득하고, 그 지혜를 일 속에서 써먹을 줄 알아야 한다.

만약 일의 잘잘못을 가리지 않거나 일은 않고 그저 글만 읽는다
면, 그 학문은 아무짝에도 쓸모가 없는 것이다.

李珥

마음을 다스리는 법

재산이나 부귀영화를 얻고자 지나치게 욕심 부리지 말라.

비록 그 같은 욕심을 버렸다 할지라도 어떤 일을 쉽게 처리할 것 같으면, 그 욕심은 아직 가슴 속에 남아 있는 셈이 된다. 사내대장부는 가능한 헛된 욕심 부리지 않도록 마음을 다잡아 잘 다스려야 한다.

공부나 일을 할 때에는 화끈하게 성실을 다해야 한다.

싫증을 내거나 억지로 하는 듯한 태도는 좋은 결과를 얻지 못한다. 만약 그 일이 내 뜻에 맞지 않거나 불가능한 일이라면, 애초부터 딱 잘라 끊어버리는 결단성을 키워라. 일하는 도중에 마음의 갈등을 일으켜서는 안 된다.

자칫 '한 번만 나쁜 짓을 저지르면 용서받을 수 있으리라' 생각하지만 그것은 잘못이다.

단 한 번이라도 불의를 저지르지 말라. 죄 없는 사람을 죽여 천하를 얻는다 할지라도 그 같은 생각을 품어서는 안 된다. 어떤 불행이 내 앞에 닥쳐오면, 그것을 솔직하게 받아들여 스스로 반성하고 잘못을 깨우쳐야 한다. 그럼으로써 밝은 내일을 기약할 수 있는 것이다.

배움에는 끝이 없다

옛 속담에 '못된 송아지 엉덩이에 뿔이 난다'는 말과 같이 한 집안에서도 못된 자식이 생겨날 수 있다.

그러나 끝내 그 자식이 바르게 살아가지 못함은, 다른 가족들이 사랑과 성의를 힘껏 기울이지 않은 탓이다.

배움에는 설혹 밤잠을 몹시 설쳤어도 몸이 아프지 않은 다음에는 결코 쓰러져 눕지 말라.

비스듬히 벽에 기대어서도 안 된다. 비록 한밤중일지라도 아직 졸립다는 생각이 없으면 더 바른 마음가짐으로 공부에 매달려야 한다.

낮에는 어떠한 일이 있어도 잠을 자서는 곤란하다. 졸음이 오면 찬물로 세수하여 정신을 가다듬어 잠을 쫓고, 그래도 눈꺼풀이 감길 만큼 졸음이 덤벼들면 자리에서 벌떡 일어나 적당한 운동으로 그 잠을 쫓아야 한다.

태어나서부터는 누구에게나 공부에는 끝이 없다.

그러므로 너무 급하거나 느리게 하지 말고 아주 꾸준히, 죽은 뒤에나 이 공부가 끝나리라는 생각으로 정진하라.

만약 그 효과가 빨리 드러나기를 바란다면 이 또한 부질없는 욕심에서 비롯되었다고 보아야 한다. 공부에는 욕심을 부리되, 그것으로 얻어지는 영화는 결코 바라지 말라.

만약 헛된 욕심으로 공부에 매달린다면 이는 부모에게 큰 부끄러움을 안겨 드리는 것이니, 곧 부모의 진정한 아들이라 할 수 없느니라.

옥도 갈지 않으면
그릇을 만들 수 없고,
사람은 배우지 않으면
도를 알 수 없다.

栗谷 李珥

참교육을 위한 '학교 모범'

하늘이 백성을 내리심에 있어, 인간이 있으면 법이 있는 것이다. 법을 잡고 덕을 아름답게 함을 그 누가 하늘로부터 받지 않았으리.

그런데 사도師道(스승으로서의 도리)가 끊어지고 교육이 밝지 못하므로, 오늘의 학교 환경은 자연 엉망인 것이다.

학자들의 풍습이 경박해지고, 양심이 묶이고, 가벼운 공명심만 받들며 진리를 실행치 아니한다.

위로는 나라에 덕망가가 모자라서 벼슬자리가 많이 비어 있고, 아래로는 풍속이 날로 썩어 윤리의 기강이 상실되어 가고 있다.

생각이 여기에 이르니 참으로 마음이 떨린다. 이제 나쁜 버릇에 물든 것을 씻어 버리고, 학문의 기풍을 크게 변화시키면서 모범 학생을 택하여 열심히 가르치기 위해 《학교 모범》을 만드니, 많은 선생과 학생들로 하여금 몸가짐과 일을 처리해 나가는 데 규범으로 삼으라.

제자 된 학생은 진실로 이를 지켜나갈 것이며, 스승 된 이는 이것으로써 그 몸을 바르게 하여 학생들이나 남들의 표준이 되고 솔선하는 태도를 다해야 할 것이다.

배움, 무엇부터 시작할 것인가

첫째는 입지立志, 뜻을 세우는 일이다.

배우는 학생은 먼저 뜻을 세워 옳은 일로써 자기의 임무를 삼으라. 옳은 일이 높고 먼 곳에 있는 것이 아닌데도 스스로 실천하지 않고 있다.

그것은 곧 '나는 모든 것이 완벽하다'고 자만하기 때문이다. 단점 고치는 일을 늦추지도 말고 기다리지도 말라. 단점 고치는 일을 두려워 말고 어렵다고 주저하지도 말라.

지금 곧 세상을 위하여 뜻을 세우고 이웃을 위해 정성을 다하라.

옛 성인들이 이루어 놓았으되 그 맥이 끊어진 학문을 계승하고, 훗날의 좋은 세상을 열어주기 위하여 원대한 목표를 세워야 한다. 스스로 목표하는 것에 금을 그어 두라.

자신을 용서하는 버릇은 털끝만큼이라도 가슴 속에 생겨나지 않도록 할 것이며, 명예를 손상당하거나 영욕榮辱과 이해利害, 행복이나 고통 따위에 마음이 움직이지 못하도록 해야 한다.

李珥

대쪽 같은 몸가짐을 지녀라

둘째는 몸가짐을 바로 하는 것이다.

배우는 학생은 이미 위대한 사람이 되겠다는 뜻을 세운 이상, 반드시 나쁜 관습을 씻어 버리고 한 가지 생각으로 학문을 지향하여 몸가짐과 행동을 바르게 해야 한다.

언제나 일찍 일어나고 밤늦게 자며, 차림새는 반드시 정숙하게 갖춘다. 용모는 위엄 있게 하며, 무엇을 보고 들음엔 반드시 확실, 단정할 것이며 실내에서는 반드시 서로 공경하는 예의를 갖추며, 걷거나 서거나 할 땐 바르게 행동하고, 음식은 반드시 절제 있게 먹는다.

글씨는 똑바로 쓰고, 책상은 반드시 가지런하게 놓으며, 공부방은 반드시 깨끗하게 정돈해야 한다. 그리고 늘 경솔하지 않게 걷는다. 손도 게으르게 그냥 두지 않는다.

만일 일이 없어도 단정하게 가다듬고 함부로 움직이지 않는다.

눈동자를 안정되게 놀려 눈을 바르게 뜨고, 상대방을 흘겨보거나 삐딱하게 보아서는 안 된다. 말할 때와 음식을 먹을 때 외에는 입을 움직이지 않는다.

목소리는 늘 바른 발음을 내야 하고, 쓸데없이 가래침 뱉는 듯 시끄러운 소리를 내서는 안 된다. 머리는 바르게, 몸과 직선이 되게 세우며 기울거나 한쪽으로 치우치지 않게 한다.

호흡은 늘 콧소리를 고르게 내쉬며, 이상한 숨소리를 내지 않는다.

무엇보다 바르게 서라. 어디에 기대지 말아야 하며 자세에는 항상 덕스러운 기상이 있어야 한다. 얼굴빛은 늘 깨끗하고 태만한 기색이 있어서는 안 된다.

또한 바르지 않으면 보지 말고, 바르지 않으면 듣지 말고, 바르지 않으면 말하지 말고, 행동하지 말 것이다. '바르지 않으면'이라는 말은 조금이라도 하늘의 뜻과 순리에 위배되는 것을 뜻한다.

안 좋은 예를 들어 말한다면 광대들의 바르지 못한 행색이라든지, 속된 음악소리라든지, 비루하고 외설스럽고 요상한 놀이라든지, 방탕 난잡한 춤과 오락 등은 더욱더 경계하고 끊어야 될 것이다.

책 속에서 찾는 환희

셋째는 글 읽기이다.

배우는 학생이 선비의 행동으로써 몸가짐을 거두어 지킨 다음에는, 모름지기 독서와 깊은 연구로 진리를 밝히는 데 힘쓰라. 그래야 학문에 나아가는 길이 막히지 않을 것이다.

스승을 따라 배우되 배움은 넓어야 하고, 질문은 자제해야 하며, 생각은 조심스러워야 하고, 이해력은 명확해야 한다.

그래야 반드시 가슴으로 터득하기를 기대할 수 있는 것이다.

글 읽을 때에는 반드시 얼굴을 정숙하게 가지고, 단정히 앉아서 마음과 뜻을 오로지 하나로 통일시키라. 그리하여 한 가지 글이 확실하게 이해된 다음 비로소 다른 글을 읽을 것이요, 많이 읽는 데만 힘쓰지 말고 글 내용을 억지로 외우려 들지도 말라.

위대한 인물이 짓지 않은 글을 읽지 말고, 무익한 글은 되도록이면 보지 말아야 한다.

한 마디 말의 천 가지 의미

넷째는 말을 삼가는 일이다.

배우는 학생이 학자의 행동을 닦으려면 모름지기 배움의 기본 틀을 갖춰야 한다.

우리들의 잘못은 언어로부터 오는 것이 많은 법이다.

말은 반드시 충성스럽고 믿음직스럽게 해서 적시적소에 맞추어 말하라.

즉, 긍정이나 허락을 함부로 뱉어서는 안 된다.

목소리를 조용하고 엄숙하게 하며 희롱과 농지거리로 시끄럽게 떠들지 말아야 한다.

오직 문자와 이치에 맞게 유익한 말만 하고, 귀신 씨나락 까먹는 이야기나 시장바닥의 상스러운 말은 입에 담지 말아야 한다. 그리고 때를 지어 쓸데없는 잡소리로 시간을 보내는 것은 모두 공부에 방해되고, 하고자 하는 일을 망치는 것이니 일체 경계해야 한다.

마음을 차분히 가라앉히라

다섯째는 마음속에 잘 간직하는 일이다.

배우는 학생이 행동거지를 닦으려면, 반드시 마음을 바로 추스려서 바깥세상의 유혹을 받지 말아야 여러 가지 사악함이 물러나고, 바야흐로 충실한 덕을 쌓을 수 있다.

그러므로 배우는 학생은 먼저 마땅히 마음을 가라앉히고, 고요히 앉아서 마음속에 잘 간직하며, 조용한 가운데에 흐트러짐 없이 사리에 맞는 것으로 근본을 삼으라.

만약에 어떤 상념이 생길 때에는 반드시 선악의 기미를 살펴, 그것이 착한 것일 때에는 그 뜻과 도리를 깊이 연구하고, 그것이 악한 것일 때에는 그 싹을 잘라, 마음을 다스리고 보살피는 노력을 끊이지 않도록 하라.

그러면 살아가는 데 의리와 법칙에 어긋나는 일이 없을 것이다.

부모를 공경하라

여섯째는 어버이를 섬기는 일이다.

자식의 온갖 행실 중에서 효도와 우애가 가장 중요한 근본이다. 그리고 3천 가지 죄 중에서 불효가 제일 큰 것이다.

어버이를 섬기는 이는 반드시 그 공경심을 다하여 어른의 뜻을 순순히 따라야 하고, 즐거움을 다하여 음식을 공양하라.

병환 중에는 극진한 근심으로 의약 처방을 다하여 모시고, 돌아가실 때에는 지극한 슬픔으로 마지막 이별의 도리를 다할 것이요, 제사 때에는 엄숙하게 추모의 성의를 다해야 한다. 겨울에는 따스하게 대접해 드리고, 여름에는 몸을 시원하게 살펴드리며, 아침저녁으로

李珥

외출할 때에는 반드시 문안 인사로 알리라. 외출에서 돌아와서도 반드시 인사를 드려라.

만일에 잘못이 있을 때에는 성의를 다하여 그 잘못을 빌 것이며, 내 몸을 돌아보아 늘 잘못된 행동이 없게 하라. 언제나 덕을 온전히 간직하여 부모를 욕되게 하지 말아야, 비로소 어버이를 섬긴다고 말할 수 있을 것이다.

스승 섬기기를 하늘같이 하라

일곱째는 스승을 섬기는 일이다.

배우는 학생이 성심으로 옳은 것을 지향한다면, 모름지기 먼저 스승 섬기는 도리를 높여야 한다. 사람은 세 가지(나라와 스승, 그리고 어버이)에서 났으므로, 섬기기도 그 세 가지를 똑같이 하는 것이다. 그러니 어찌 마음을 다하지 않으랴.

함께 살게 되면 새벽과 저녁에 인사드리고, 따로 살게 되면 공부 배울 때에 예의를 다하여 뵈옵는다. 평상시 모시어 받듦에 존경을 다하고, 가르침을 착실히 따라 믿음직스럽게 하여 복종심을 잃지 말아야 할 것이다.

만일 말씀과 행하는 일에 의심나는 점이 있을 때는 조용히 질문하여 지식을 얻을 것이요, 자기의 사사로운 생각으로 조금이라도 스승을 비난하지 말라.

하지만 바른 도리를 따지지 않은 채 스승의 말만 무조건 믿어서도 옳지 못한 일이다.

틀린 게 있으면 조용히 말씀드리되, 받들어 모심에 대해서는 힘에 따라 성의를 다하여 제자의 도리를 지켜야 한다.

좋은 친구를 사귀도록 하라

여덟째는 벗을 선택하는 일이다.

옳게 사는 법과 공부의 의문을 해결하는 것은 비록 스승을 통해서이지만, 세상을 살아가는 데 서로 은혜를 입고 돕는 것은 진실로 가장 좋은 친구에게 의지하게 된다.

배우는 학생은 반드시 충성과 신의, 효도와 우애가 중요하다. 품행을 단정하고 바르게 해서, 듬직하고 착실한 학생을 선택하여 벗으로 삼고 늘 가까이 하라.

잘못이 있으면 서로 경계하고 서로 절차탁마切磋琢磨(갈고 닦아서 가꾸는 일)하여, 친구 사이의 의리를 가꾸고 지키라.

만약 뜻을 세움이 굳세지 못하고, 어떤 일을 추진하며 정리하는 힘이 부족하거나 떠돌아다니면서 즐겁게 노는 데만 정신이 팔려 있으면, 그런 친구는 멀리하라.

말이나 기운만 숭상하는 자도 모두 벗으로 사귀지 말아야 한다.

가정이 화목해야 참된 행복이다

아홉째는 참된 가정생활이다.

배우는 자가 심신을 닦으려 한다면 반드시 가정에서 윤리를 다하여, 형은 우애하고 아우는 공손하여 한 몸같이 보라.

남편은 온화하고 아내는 양순하여 예의를 잃지 말 것이며, 올바른 방법으로 자녀를 교육하되 맹목적인 사랑만 가지고 참된 교육을 현혹시키지 말 것이다.

가정을 통솔하는 데는 엄숙함을 주로 하되, 때로는 너그러운 용서를 베풀어야 한다.

굶주림과 추위에 대한 사정을 헤아려 생각하고, 위아래가 정연한 질서의식으로 안팎의 구별이 분명해야 한다. 한 집안 일의 처리는 언제나 극진한 합리성과 바른 도리를 통해 이루어져야 한다.

항상 넉넉한 마음을 지녀라

열 번째는 사람을 넉넉한 마음으로 상대하는 일이다.

배우는 학생이 이미 가정생활을 잘 꾸려가고 있으면, 그것을 사람 대하는 데까지 연장시켜 한결 같이 예의를 지켜 나가라.

어른을 극진히 섬기라. 침식과 걸음을 모두 어른보다 뒤에 하며, 나이가 10세 이상 위이면 더욱 공손하게 대우해야 한다. 어린이는 자비로운 사랑으로써 어루만져 주어야 한다.

가족들끼리 화목하고, 이웃들과는 잘 사귀어 즐거워하는 마음을 서로 주고받을 수 있어야 한다. 항상 덕과 학업을 서로 권장하고, 허물은 서로 고쳐주며, 예의와 풍속을 서로 잘 지키고, 어려운 일은 서로 도와 항상 남을 이롭게 하라.

남에게 이로움이 있기를 생각해야 하며, 남을 해칠 생각은 털끝만큼이라도 마음속에 품지 말아야 할 것이다.

실력을 배양하라

열한 번째는 시험공부에 나서는 일이다.

과거의 급제는 뜻있는 선비가 일부러 애써 구할 바는 아니다. 그러나 그것이 벼슬로 통하는 길이 되어 있으니 어찌하랴.

만일 도덕에 온 마음을 쏟아서 예의를 제일로 치는 이는 과거를 숭상해서는 안 되지만, 국가를 위해 일하고 싶을 때면 마땅히 성심으로써 공을 이루어야지 날짜만 헛되이 보내서는 안 된다.

벼슬길에 나아가면 항상 몸을 아끼지 말고 옳은 일을 실천하여, 나라에 충성하고 백성을 위해 헌신하라. 자신만의 따뜻하고 배부름만을 구할 일을 해서는 안 된다.

진실로 옳은 일을 지향하여, 게으르지 않게 평상시의 일을 도리대로 따르면, 과거공부도 역시 일상의 일 중의 한 가지일 뿐이다.

요즈음의 선비들은 게으르고 방종하며, 글 읽기에 힘쓰지 않아 보인다. 순수한 학문만을 추구한다면서 한갓 소중한 세월만 보내고, 학문과 과거공부 중 한 가지도 성취하지 못하는 자가 많으니 진실로 경계할 점이다.

李珥

불의를 용서하지 말라

열두 번째는 정의를 지키는 일이다.

배우는 학생은 정의와 이익을 따지는 것보다 더 중요한 것이 없다. 정의란 '무엇을 위해서 하는 것'이 아니다. 조금이라도 '무엇을 위해서 하는 것'이라면, 그것은 곧 이익을 따라가는 무리이니 어찌 경계하지 않으랴. 좋은 일을 위하면서 이름을 얻으려는 것 또한 이익을 구하는 마음이니, 군자는 그것을 흙 파먹고 사는 것보다 더 부끄럽게 여겨야 한다.

배우는 학생은 털끝만한 욕심이라도 가슴에 간직해서는 안 된다.

옛 사람은 부모를 위하여 노동에 힘쓰고, 비록 품팔이와 쌀을 짊어지는 일도 마다하지 않으면서 마음은 항상 깨끗하여 자기만의 이익 때문에 땀을 흘리지는 않았는데, 오늘날의 선비는 온종일 성현의 글을 읽으면서도 오히려 욕심을 버리지 못하니 이 어찌 애석한 일이 아니랴. 혹시 집이 가난하여 생계를 꾸려가자면 어쩔 수 없이 여러 가지 계획을 세워야 하되, 오직 이득만을 구하는 생각은 싹트지 못하게 해야 한다.

그리하여 주고받고 하는 일에는 그것이 사리에 맞는가 맞지 않는가를, 물질의 얻음이 있을 때에는 '도리'를 생각해야 하며, 잠시의 안락을 위해서 조금이라도 구차스럽게 살아서는 안 된다.

성실하고 정직하게 살아라

열세 번째는 성실, 정직하게 사는 일이다.

충후忠厚(충직하고 인정이 두터운 것)와 기절氣節(기개와 절조)은 서로 다른 것이 아니다. 스스로 지키는 절조가 없이 적당히 넘어가는 것은 옳지 못하고, 근본의 덕이 없이 교만과 거친 행동으로 삶을 살아서도 안 된다.

세속이 잡스러워 덕스러움이 날로 상실되어 가고 있는 게 오늘의 슬프고 안타까움을 금할 수 없는 실정이다.

절대로 궤변과 아부로써 남을 따르지 말라. 거만하게 언행을 일삼을 뿐, 중용을 지키는 선비를 보기가 실로 어렵다.

《시경》에 '온화하고 공손한 사람이여, 오직 덕의 기초로다' 하였고 '약한 자라도 업신여기지 않으며, 강한 자라도 두려워하지 않는다' 하였으니, 반드시 온화하고 공손하여 근본이 깊고 두터워진 뒤에라야 정의를 수립, 큰 절개에 도달할 수 있을 것이다.

저 비루하고 아첨하는 못난 인간들은 말할 나위도 없거니와, 명색이 학문한다는 선비로서 자신의 재주와 어질다는 사실만 믿고서 남을 경멸하고 재물을 모욕하는 경우가 있는데, 그 폐해는 말로 다 표현할 수 없을 지경이다.

자그마한 이득을 얻으면 희희낙락 만족하고 너무 좋아 날뛰는 자를 어찌 진정 기개 있는 사람이라고 할 수 있겠는가. 요즘 선비들의 이와 같은 병폐는 진실로 예법에 밝지 못하여 허례와 교만이 습성을

李珥

165

이룬 데서 생긴 것이다.

그러므로 모름지기 예법을 밝혀, 윗사람을 높이고 어른을 공경하는 도리를 변함없이 다해야 한다. 진실로 이와 같이하면 성실하고 정직한 삶을 모두 얻을 수 있을 것이다.

겉과 속이 한결 같아라

열네 번째는 공경심을 갖고 덕을 쌓는 일이다.

배우는 학생이 덕으로 천성의 잘못을 닦는 것은, 오직 남에 대한 공경심을 잘 지키는 데 있다. 공경하지 않으면 다만 빈 말이 될 뿐이다. 모름지기 겉과 속이 한결같고, 그것이 조금도 그침이 없어야 한다.

말에는 가르침이 있고 움직임에는 법도가 있으며, 낮에는 일이 있어야 하고 밤에는 그 일의 결과가 있어야 한다. 눈 한 번 깜짝하는 동안에도 얻을 것이 있고, 숨 한 번 쉬는 동안에도 키우는 게 있어야 한다. 공부를 오랫동안 계속했는데 효과가 나타나지 않더라도, 조급함이 없이 날마다 쉬지 않고 힘쓰라. 공부는 모름지기 죽은 뒤에나 그만두라. 그것이 실학實學이다.

만일 이런 데 힘쓰지 않은 채 오직 많이 아는 것만 따지고 이야기를 꾸며 이름 빛내려는 자는 학문하는 이의 적이 되나니, 어찌 두려운 일이 아니랴.

학교생활은 철저히 하라

열다섯 번째는 학교생활을 성실히 수행하는 일이다.

배우는 학생이 학교에 있을 때에는 행동을 어디까지나 학칙에 따라야 한다.

책도 읽고 글도 지으며, 학교에 갈 때에는 미리 목욕하여 정신을 맑게 하고, 집에 돌아와서는 주어진 숙제를 열심히 끝내야 한다.

여럿이 함께 있을 때에는 반드시 토론으로서 서로 실력을 키우고, 예법에 맞는 몸가짐을 가지라. 주위 사물에 대해서는 모든 것을 가지런히 정돈하고 질서를 엄숙히 지켜야 한다.

스승에게는 항상 예의를 다해 섬기며 알고자 하는 바는 정중하게 질문하라. 그리고 거리낌 없이 그 가르침을 따를 것이며 혹시라도 쓸데없는 것을 물어서 마음과 힘을 헛되이 써서는 안 된다.

독서는 바느질하듯 꼼꼼히 하라

열여섯 번째는 글 읽는 방법이다.

학당에 모여 사제 간에 서로 반가운 인사를 나누면 비로소 '공부'에 들어간다.

공부는 곧 책을 읽는 것에서 시작하는 것이다. 책을 읽을 때는 언제나 한결 같이 섬세하신 어머니가 바느질하듯 꼼꼼하게 읽도록 하라. 그리고 친구들과 서로 느끼고 생각한 바를 토론하여 실질적인 배움이 되도록 힘쓴다. 어려운 문제는 반드시 스승에게 질문하여 그

李珥

167

것을 해결토록 노력한다.

만약 의논할 일이 있을 때에는 곧 토론할 안건을 정하여 진지하게 접근하되, 스승이 먼저 문제를 제기해주는 것도 좋은 방법이다.

배움의 학생은 불의의 사고로 인하여 출석하지 못할 때에는 반드시 결석계를 써서 스승에게 알려야 한다.

실천하지 않으면 도루묵이다

이상의 열여섯 가지 조항은 스승과 제자, 학우 사이에 서로 도와 힘껏 실천해야 한다.

학생들 가운데 마음을 잘 다스려 모범적으로 학문이 뛰어나게 성취된 자가 있으면, 그를 칭찬하고 상을 주도록 하라.

만일 여러 학생들 가운데 학교 규칙을 준수하지 아니하여 향학열이 부족하거나, 본분을 잊고 허황되게 날짜만 보내며 허송세월하는 이가 있어서는 안 된다.

몸가짐이 바르지 못하거나, 건방지게 굴어 못된 짓을 일삼거나, 행동거지가 정중하지 않거나, 가풍이 난잡하여 질서가 없거나, 스승을 존경하지 않거나, 어른과 덕이 있는 분을 업신여기거나, 예법을 경멸하거나, 염치를 돌아보지 않거나, 사람답지 못한 자와 사귀기를 좋아하거나, 아래 또래에게 몸을 굽실거리고, 방탕하게 놀고, 노는 것을 낙으로 삼거나, 따지기를 좋아하거나, 재물의 이익 때문에 남의 원망을 듣거나, 공부 잘하는 친구를 시기질투하며 선량한 이를 속여 헐뜯는 친구는 멀리하고 아예 사귀지 말라.

일가친척에게 화목하지 못하고 이웃과 불화하며, 제사 때 엄숙하지 못하고 예의 풍속을 지키지 못하며, 사고를 당했을 때 그 어려움을 서로 구제하지 않으면 진정코 안 될 일이다. 이러한 과실은 벗들이 보고 듣는 대로 깨우쳐 주되, 고치지 않을 때에는 선생님이나 윗사람에게 알려 혹독하게 꾸짖으며, 그래도 고치지 않고 억지 변명으로 복종하지 않을 때에는 가차 없이 벌을 주고 학칙에 의해 퇴학시킨다.

학교에서 쫓겨난 뒤에 마음을 바꾸고 허물을 고쳐서 착하게 공부하려는 흔적이 뚜렷이 있을 때에는, 학교에 들어오기를 허가하고 출석부에 다시 이름을 올리도록 한다.

만약 끝까지 잘못을 뉘우치지 않고 못된 짓을 되풀이하며 자기를 나무라는 이를 도리어 원망하는 자가 있을 때에는, 사람다운 '사람'이 될 때까지 더욱 엄한 벌을 주는 것도 필요하다.

李珥

마음은 몸의 주인

내가 생각하건대, 하늘이 사람에게 부여한 것을 성性(사람과 사물에서의 본성이나 본바탕. 본체)이라고 이르고, 성과 기氣를 합하여 한 몸의 주인이 된 것을 마음이라고 이르며, 마음이 사물에 응하여 밖으로 나타나는 것을 정情이라 이른다.

성은 마음의 본체요, 정은 마음의 쓰임새이며, 마음은 감정이 아직 일어나지 않았거나 일어난 것의 모든 것이므로, 마음은 성과 정을 모두 다스린다고 한다.

성에는 다섯 가지가 있으니 '인仁·의義·예禮·지智·신信'—즉, 어질고 정의롭고 예의 바르며, 많이 알고 크게 믿음이 그것이요,

정에는 또 일곱 가지가 있으니 '희喜·노怒·애哀·구懼·애愛·오惡·욕欲'—즉, 즐겁고 화나고 슬프고 두려워하고, 사랑하고 미워하고 욕심내는 것이 그것이다.

우주의 본체와 힘은 한데 섞여서 융화하여 원래 서로 떠나지 않는 것이다.

마음이 움직여 정이 되고, 그것이 나타나는 것은 힘이요, 그것이

나타나는 이유는 하늘의 뜻이다. 힘이 아니면 능히 나타나지 못할 것이요, 뜻이 아니면 생겨날 것도 없으니, 어찌 뜻이 나타나는 것과 힘이 나타나는 것이 다름이 있겠는가. 단지 도덕심도 힘에서는 떠나지 못하지만 그 생겨남이 도의를 위한 것이므로 생명에 속하고, 인심도 역시 뜻에서 나왔지만, 그 생겨남이 육체를 위한 것이므로 겉모양과 기운에 속한다.

李珥

도덕심과 인심

정이 생길 때엔 도의를 위하여 나타나는 것이 있다.

어버이에게 효도하고자 하는 마음, 나라에 충성하고자 하는 마음, 어린 아이가 우물에 빠지는 것을 보고 재빨리 건져내는 마음, 자신의 결점을 부끄러워하고 남의 나쁜 점을 미워하는 마음, 종묘나 선산先山 옆을 지나갈 때 엄숙한 마음을 갖는 것들이 그것이다.

이것을 도덕심이라 한다.

또 육체를 위하여 나타나는 것이 있으니, 배고플 때 먹으려 하는 마음, 추울 때 입으려 하는 마음, 고단할 때 쉬려고 하는 마음, 정이 많으면 이성異性을 그리는 마음 등이 그것이다. 이것을 인심이라 한다.

도덕심은 순수한 하늘 뜻이므로 선은 있되 악이 없으며, 인심은 천리天理(하늘 뜻)도 있고 욕심도 있으므로 선도 있고 악도 있다.

예를 들면 마땅히 먹을 경우에는 먹고, 마땅히 입을 경우에 입는 것은 공자나 부처도 피하지 못하는 것이니 이것은 천리요, 오직 먹고 색정의 생각으로만 흘러 악이 된다면 이것은 욕심이다.

어떤 욕망인들 못 막으랴

　도덕심은 충분히 지킬 수 있되, 인심은 욕심에 흐르기 쉬우므로 비록 착하나 역시 위태롭다. 마음을 다스리는 자는 한 마음으로 도덕심인 줄 알면 확충시키고, 인심인 줄 알면 정확하게 살펴서 반드시 도덕심으로써 절제하라.

　인심이 항상 도덕심의 명령을 듣게 될 때 인심도 도덕심이 될 것이다.

　어느 뜻인들 간직하지 못하랴. 어떤 욕망인들 막지 못하랴.

　주자의 말에 '비록 높은 지혜를 가진 사람이라도 인심이 없을 수 없다' 하였으니, 성인도 역시 인심이 있는데 어찌 다 욕심이라고 말할 수 있겠는가.

　이로써 본다면 칠정七情(사람의 일곱 가지 감정)이란 곧 인심과 도덕심, 선악의 모든 것이라 하겠다.

　맹자는 칠정 중에서 착한 일면만 끄집어내 '사단四端'이라고 이름지었으니, 사단은 곧 도덕심과 인심의 착한 부분인 것이다.

　사단에서 '신信'을 말하지 않은 것을 정자가 해설하였으되 '성심

李珥

으로 사단이 되고 보면 벌써 믿음은 그 가운데 있는 것이다' 하였다.

칠정 이외는 다른 정이 없는데, 만일 칠정을 인심만으로 돌린다면 이는 반만 취하고 반은 버리는 것이 된다. 이것은 너무 명백하여 의심할 게 없다.

3장 | 퇴계退溪 이황

옛 사람들이 말을 함부로 하지 않은 것은 자기 자신의 실천이 그에 미치지 못함을 부끄러워했기 때문이다. 그동안 친구들과 학문을 논하느라 편지를 서로 나누면서 한 말은 부득이한 것이었지만, 스스로 그 부끄러움을 이기지 못하겠다.

더구나 이미 말한 뒤에, 저쪽 사람은 잊지 않았는데 내가 잊은 것이 있는가 하면 저쪽과 내가 다 잊어버린 것이 있으니, 이것은 부끄러울 뿐 아니라, 거리낌 없는 무례 같아서 두렵기 그지없다. 그동안 옛 책장을 뒤져 보존되어 있는 편지 원고들을 다시 베껴서 책상에 두고, 때때로 펼쳐 보면서 자주 반성하기를 그치지 않았었다.

이 중에는 원고가 없어져 기록하지 못한 것도 더러 있을 것이다. 하지만 잃어버리지 않은 모든 편지를 다 모아서 큰 책을 만들었다 한들 무슨 유익함이 있으리오.

이황李滉

퇴계退溪 이황李滉은 시대적으로 몹시 어지러운 조선조 연산군 때(1501년 2월 25일), 경상도 땅의 예안(지금의 안동시 도산면 토계)에서 8남매의 막내로 태어났다. 난 지 불과 7개월 만에 아버지를 여읜 불우한 가정 형편이었지만, 거의 독학에 가까운(이웃 노인과 숙부에게서 천자문, 논어, 유학 등을 배움) 교육 조건임에도, 여섯 살 때부터의 그의 타고난 학구열은 거의 침식을 잊을 정도였다.

21세 때 허씨 부인과 결혼한 그는, 23세에 서울로 올라와 성균관에 입학해 비로소 본격 학문의 길로 들어선다. 그리고 34세 때 대과에 급제한 다음 벼슬길에 오른 이후, 이조판서와 판중추부사로 관직을 그만둘 때까지의 그의 인생 역정은 실로 다사다난했다.

하지만 그의 참 뜻은 항상 고향으로 돌아가 학문에 몰두하는 데 있었다. '퇴계'를 아호로 삼은 데서도 그 타는 열정을 충분히 짐작할 수 있으리라. 그리하여 말년에는 결국 그 꿈을 실현코자 낙향, '도산서원'을 세워 후학 양성에 힘쓰면서, 자신의 철학을 체계화시키는 데 여생을 바쳤다. 1570년에 생을 마감하였다.

저서로는 《논사단칠정서》 《자성록》 《성학십도》 《퇴계문집》 등이 있다.

생각하는 대로 된다

대개 사람이 학문을 하는 데에 있어서는 일이 있을 때나 일이 없을 때나, 뜻함이 있을 때나 뜻함이 없을 때나, 마땅히 존경심으로써 기둥을 삼아 그 중심을 잃지 말아야 한다.

그러면 그 사려가 생기지 않을 때에는 몸과 마음이 비워지고 심성이 순수해지며, 그 사려가 이미 생겨난 때에는 바른 도리가 환히 드러난다. 물욕이 물러나 하늘의 이치에 복종하므로, 복잡한 근심이 점점 줄어든다.

이러한 노력을 쌓고 쌓으면 성공에 이르게 되니, 이것이 학문의 길이다. 이것을 힘쓰지 않고 그때그때 저절로 생각이 나오는 것을 옳다고 한다면, 이는 한가로울 때 깊은 생각을 절대 하지 않으려는 것과 같다.

맹자는 '마음의 일은 생각하는 것이다. 생각하면 얻고 생각하지 않으면 얻지 못한다. 먼저 큰 뜻을 세워놓으면 작은 뜻이 빼앗지 못한다.' 하였다.

이것으로 보면 무릇 사람의 사사로운 욕심이 생기는 것은 바로 생각하지 않기 때문이다.

하지만 '생각하면 곧 사사로운 욕심이 있다' 하는 것은 그 말의 뜻이 정확하지 못하다.

밝게 보고자 하는 것과 밝게 듣고자 하는 것을 일시에 합하면, 하나를 생각하는 것이지 둘을 생각하는 게 아니라는 얘기이다.

이른바 '한 가지 일을 생각하고 있을 때는 비록 다른 일이 있더라도 그것을 생각할 겨를이 없다' 한 것도, 마음을 두 갈래로 쓰지 않고 한 곳에 집중하라는 것으로서 옳은 얘기이다. 그러나 어떤 사람이 보기와 듣기를 함께 하거나 손과 발을 동시에 사용하는 경우가 있다고 했을 때, 여기서 만일 듣는 데에만 오로지 마음을 두고 보는 것을 전연 돌보지 않는다거나, 손짓에만 집중하고 발짓은 되는 대로 아무렇게 내버려둔다면, 어찌 한 가지는 잘하고 한 가지는 못하는 것이 되겠는가?

바른 학문의 자세

　무엇보다 진실로 마음의 병부터 먼저 고쳐라.

　마음의 병이 생기는 것은, 바로 이치를 살핌이 투철하지 못한 쓸데없는 고집으로 무리하게 탐구하며, 모르는 사이에 마음을 괴롭히고 정력을 극도로 소모했기 때문이다. 이것은 학문을 처음 시작하는 사람들의 공통된 병이다.

　이러한 것을 알고 미리 고칠 수 있다면 다시는 근심될 리 없겠지만, 일찍 알아서 빨리 고치지 못했기 때문에, 그런 병이 생기게 된 것이다. 내가 겪은 평생 동안의 모든 병의 근원도 다 여기에 있었다.

　병을 치료하는 방법은 제일 먼저 세상의 모든 욕심을 버려라.

　스스로 마음을 괴롭히지 말아야 한다. 이 마음을 온전히 가질 수 있다면, 병은 이미 5 내지 7할 정도는 나은 셈이다.

　이와 같이 하여, 모든 일상생활에서 타인과의 만남을 적게 하고, 취미와 욕망을 절제하고, 마음을 비워 편안하고 유쾌히 하루하루를 보낼 것이며, 독서와 화초 기르기, 등산이나 물고기 기르기의 즐거움 같은, 진실로 항상 부드럽고 따뜻한, 성내고 원한 품는 일이 없도록 하는 것이 긴요한 치료법이다.

책을 읽어도 마음을 괴롭힐 정도로는 읽지 말 것이며, 몸이 아플 때는 절대로 많이 읽으려 하지 말아야 한다. 다만 마음 내키는 데 따라 그 뜻을 음미하며 즐기고, 이치를 궁리함에는 모름지기 일상생활의 쉽고 명백한 곳에서 간파하고 숙달시켜야 할 것이다.

편안하고 여유 있는 마음으로 그것을 음미하고, 너무 집착하는 것도 아니요, 집착하지 않는 것도 아닌 사이에 마음을 둬 꾸준히 공(功)을 쌓으면, 저절로 이해되어 깨달음이 있게 될 것이다. 너무 집착하거나 마음을 얽매여, 무조건 빠른 효과를 거두려 해서는 안 된다.

명예에 집착하지 말라

무릇 선비의 병폐는 뜻을 세움이 없는 데 있다.

참으로 뜻이 높고 깊으면, 어찌 학문이 지극치 못하여 진리에 대한 깨달음을 걱정하겠는가. 그러므로 알맹이 없이 이름만 더하는 것을 옛사람들은 좀도둑에 견주었다. 이것이 내가 이름을 함부로 얻지 않으려는 까닭이다.

옛사람들은 학문하는 데 반드시 효제충신孝悌忠信(어버이에게는 효도, 형제간에는 우애, 나라에는 충성, 친구 사이에는 믿음)에 근본을 두고, 이어서 천하의 만 가지 일에 목숨을 걸 듯 열심히 하였다.

그 목표는 물론 무엇이나 포함하지 않은 게 없지만, 가장 먼저 시급히 해야 할 것은 가정에서 더욱 화목하는 데에 있다. 그러므로 '근본이 서면 도道(옳은 길, 또는 도덕)가 생긴다'고 하는 것이다.

바라건대 그 이름을 떨치려 하지 말고, 실리를 따지는 것을 고치라.

어버이의 뜻을 잘 따르고, 즐겁게 봉양하는 것으로 시작하라.

그리고 그 밖의 모든 일을 오직 마땅히 지켜야 할 도리에 따라 실천하면, 이제까지 해 오던 일도 틀림없이 다 그 도리 속에 들어있게 마련이다. 그 자세한 방법은 책에 다 있으므로, 오직 어떻게 그것을 살펴가며 골라 읽고 힘써 행하느냐에 달렸을 따름이다.

인간이 곧 우주이다

'마음이 곧 우주 만물의 근원'이라 함은 '인간이 곧 우주'라는 것을 의미한다.

이 이치는 사물과 내가 따로 없고, 안과 밖이 따로 없고, 병이 생길 때마다 곧 그 약이 있다고 생각하는 것과 같다.

주자는 '버리려고 하는 마음이 곧 버릴 수 있는 약'이라고 했다.

묵묵히 공부를 더해가며 전진하기를 그치지 않고, 오래도록 익혀서 완전히 익숙해지면 자연히 마음과 이치가 하나가 되어, 잡았다 놓쳤다 하는 병이 없어질 것이다.

정자程子는 '학문은 익힘을 중히 하는 것인데, 익힘은 마음을 오직 한 곳에 집중할 때가 가장 좋다'고 했다. 그는 또 말하기를, '가지런히 정리하고 엄숙하면 마음이 곧 하나로 통일되고, 그러면 저절로 간사함이 생길 수 없다'고 했는데 바로 이것을 일컬은 것이다.

그러나 그 익히는 방법은 마땅히 '옳지 않으면 보지 말고, 듣지 말고, 말하지 말고, 움직이지 말아야' 하고, 몸을 움직일 때나 안색을 바르게 할 때나 말을 할 때나 제대로 공부를 해야만 그 뜻이 참되고 노력하기에도 쉬운 법이다.

그러한 참된 노력이 쌓이고 쌓여 시간이 지나면 얻음이 있다.

'마음에 있는 것이나 일에 있는 것이나 다만 하나의 이치일 뿐이
다' 한 것은 옳다.

'이른바 근본이란 이치의 가장 순수한 부분을 가리키는 것이지,
마음에 있음을 가리키는 것이 아니다'고 하는 것도 옳다. 무릇 이미
하나의 이치일 뿐이라고 했으니, 이치의 핵심 되는 곳이 마음에 있
지 않고 또 어디에 있다는 말인가?

사람은 모름지기 마음에 있는 것과 사물에 있는 것이 본래 두 가지
가 아님이 분명하고, 철저하게 알아야 비로소 참답게 아는 것임을
깨달아야겠다.

진실로 그렇게 않고 막연하게 '하나의 이치일 뿐'이라고 한다면,
한 근본과 만 가지의 다름에 대하여 아직도 완전히 파악하지 못한 셈
이다. 이것이 바로 내가 전에 늘 '이理 자는 알기 어려운 것이다'고 한
이유다.

먼저 실천하고 뒤에 말하라

그대는 학문에 있어서 그 방법을 이미 알았고, 그 병폐의 소재도 알았다. 진실로 '빨리 나아가는 자는 물러가기도 빨리 한다'는 경계를 잘 지키면서, 배움을 오래 쌓아 습관이 되면 바탕이 변하고 어진 지혜가 무르익어, 아마도 인생의 한 가지 큰 기쁜 일을 알 수 있게 될 것이다.

급히 얻으려고 서둘다가 깨닫지 못하게 되지 않을까 걱정이다.

부딪히는 곳마다 다 사실대로 보고, 당연한 곳에서는 곧 실천하라. 사실이 이와 같음을 알면서 실천이 따르지 못하면, 공자님 말씀의 '먼저 행하고 뒤에 말한다'는 교훈에 매우 부끄러울 뿐이다.

오로지 고요한 곳에서 정신 집중해 공부하고 싶다고 흔히 말하지만, 이것도 다 맞다고 할 수는 없다. 속된 일을 무조건 외면하다 보면 그 또한 학문에 해 되는 경우가 생기게 되기 때문이다.

그러나 가정의 일상사라면 어느 선에서 큰 뜻을 세워 공부를 소홀히 하지 말아야 한다.

李滉

측은하게 여기는 마음

우주의 본체가 마음에도 있고 사물에도 있다는 이론을 확실하게 알아야 한다. 이것을 알면 이치의 알기 어려운 점을 차츰 부족한 곳 없이 충분하게 이해할 수 있다.

해는 땅 아래 있어도 틀림없이 밝게 빛난다. 이것은 그 빛이 방출되어 달의 밝음으로 연결되기 때문이다.

그러나 겨울은 사계절의 음陰(태극에서의 양陽의 반대 개념으로, 어두움, 땅, 달, 없음 등의 소극적인 방면을 상징함)이고, 지하는 지상의 음陰이다. 지상의 햇빛이 겨울에 이르러 점차 미약해지는 것은 해가 미약해서가 아니라 본래의 음기가 그렇게 되도록 한 것일 뿐이다.

'측은한 마음이 사람의 사는 길이다'고 한 말에 대해서는, 주자와 그 문인들이 주장한 글에서 자세히 살펴 볼 수 있는데, 대개 이 산다는 '생生' 자는 생활이라는 의미로서 '생하고 생하여 다함이 없다'는 뜻이다. 즉 천지의 사물을 만드는 마음과 더불어 일관한다는 것이다.

그러므로 주자는 '천지의 사물을 창조하는 마음'에 대하여 묻는 어느 사람의 질문에 이렇게 대답했다.

186

"천지의 마음은 다만 하나의 생生일 뿐이다. 무릇 사물은 다 생함으로써 만물이 있게 된다. 사람이나 만물이 생하고 생하여 다함이 없는 까닭은 그 생명력 때문이다. 생명력이 없다면 곧 말라 죽어 버린다."

이에 따르면 폭군이나 도둑놈 또한 이것이 없으면 살 수 없으니, 역시 생활이 가장 중요하다.

몸과 마음이 포함한 것이야말로 무엇이나 갖추지 않은 게 없다.

인仁은 물론 마음의 덕德이고, 지혜 역시 마음의 덕일 수밖에 없다. 지각知覺(알아서 깨달음, 또는 분별력)은 지혜의 일인 까닭에 마음의 덕이라 하는 것이다.

대개 사람의 본바탕은 물에 비유되는데, 맑고 고요히 흐름이 물의 본바탕이다. 그것이 흙탕물을 만나 흐려진다거나, 험준한 곳에서 파도가 거세게 일어남은 물의 본질이 아니다. 그렇지만 그것도 물이라 하지 않을 수 없다.

그러므로 악한 기질이 비록 사람의 도리는 아닐지라도 어찌 본능의 이치라고 할 수 없겠는가?

李滉

외모가 흐트러지면 마음도 변한다

'외모가 흐트러지면 마음도 변한다'는 말이 있다.

이것은 우리에게 하찮게 여겨질 일이 아니다. 누구든지 마땅히 빨리 고쳐야 할 것이다. 그러나 고치기란 역시 쉬운 일이 아니다.

우리가 어떻게 말을 해야 하는가의 문제만 하더라도 쉽게 넘어가면 안 된다. 이때 미리 쓸데없이 신경을 쓴다면 성공할 수 없다. 다만 마음을 흐트러뜨리지 말고, 깊고 너그럽게 인격을 길러, 말을 경솔하게 하지 말아야 한다.

이렇게 오래오래 노력하여 점점 익숙해지면 자연히 자신도 실수 없을 것이고, 남을 상대하는 데도 절도에 맞을 것이다. 비록 맞지 않는 말이 있더라도 남들 역시 심하게 그대를 원망하거나 이상하게 여기지 않을 것이다.

옛 선비들이 공부한 것을 살펴보면, 끊임없이 학문과 스승을 공경하고 힘써 잠시의 중단도 없었다. 또한 수많은 공부를 쌓아 유구한 세월에 걸쳐 충분히 연구하고 실천한 다음에야, 지식과 행동이 자연히 순서에 따라 얻어졌다.

대부분의 사람들은 이 학문의 길에서 너무 급하게 이루려는 병폐가 있는 듯하다. 그런 까닭에 빠른 효과를 얻으려는 것을 피하지 못해 항상 어긋나게 행동하기 쉬운 염려가 있는 것이다. 이처럼 계속하면 쉽사리 편견에 빠져 도리어 진리를 해칠까 우려되는데, 이는 적은 폐단이 아니다.

또한 부모를 섬기는 일은 하늘이 준 양심과 지극한 도리가 아님이 없으니, 이치에 마땅한 것을 헤아려 지성으로 온순히 섬기고 조심한다면, 어찌 위로는 부모의 뜻을 거스르고 아래로는 집안 식구들이 섭섭하게 여기겠는가?

부모의 뜻을 거스르고 집안 식구들이 섭섭하게 여기는 것은, 뭐든지 너무 급히 구하고 지나치게 빨리하려 하기 때문이다. 또한 마땅한 이치를 헤아려 보지 않고 점진적으로 실천하지 않아서, 그 자취가 너무 튀거나 밖으로 드러난 때문이다.

무슨 일이든 이치에 들어맞지 않거든 자신을 반성하여 자책하라.

부모에게 드릴 음식을 몸소 장만하는 것이야말로 부모를 섬기는 일 중 가장 중요하다. 사는 게 풍족해지고 버릇없이 자란 자식이 많아 이것을 실행하는 경우가 드물다.

하루아침에 몸소 음식을 장만하는 것이 혹 부모의 마음을 편치 못하게 한다면, 형편에 따라 적당히 정상을 참작하여 차츰 더해가야 한다. 문제는 마음을 다하여, 부모의 뜻을 거스르지 않는 데 있다.

李滉

189

배움, 죽을 때까지 해야 할 일

학문이란 단번에 뛰어 도달할 수 있는 것이 아니라는 말은 변함없는 진리처럼 참으로 옳다.

그러므로 한두 해의 공부로 효과를 기대한다거나 만약 그처럼 마음을 먹었다면, 이는 참으로 어리석고 꼼꼼하지 못한 일이다.

학문이란 죽을 때까지 닦아야 하는 것으로서, 비록 성현의 경지에 도달했더라도 끝났다 할 수 없는데, 하물며 그보다 못한 사람은 어떻겠는가?

그러나 아플 경우, 불필요한 억지 탐색과 무리를 하지 말아야겠다.

인간의 마음이란 붙잡으면 보존되고 놓으면 도망쳐 없어지는 법이다. 공부만을 무작정 생각하지 말고, 평상시의 명백한 곳에 눈을 두고 마음을 여유 있게 가지면서, 이 속에서 한가롭고 편안히 쉴 필요도 있다. 그리고 스스로 결심을 굳혀야 한다.

그 결심으로 오랜 세월의 공을 쌓으면, 마음의 병이 치료될 뿐 아니라, 흐트러짐 없는 정진의 효과도 얻을 수 있을 것이다.

'기질氣質을 바로잡는 일이 내게 있지 남에게 있지 않다'는 말은 참으로 불변의 진리이다. 그러므로 엄한 스승, 훌륭한 벗과 함께 지내면 서로 이끌어 주고 갈고 닦는 데 더 큰 도움이 될 것이다.

李滉

옳고 그름을 분별하라

　가난하여 농토를 사는 것은 본래 의리義理에 크게 손상되는 일이
아니다.

　값의 높고 낮음을 따져서 비싼 것을 깎아 알맞은 시세에 따르려는
것 또한 당연한 이치이다. 다만 한 번이라도 자기만을 이롭게 하거
나 혹 남을 이기려는 생각이 있으면, 이는 곧 선과 악이 분별되는 분
기점인 만큼, 반드시 재빨리 몸과 마음을 바로잡아 옳고 그름을 판
별해야 비로소 소인배를 벗어나 어진 사람이 될 수 있다.

　굳이 농토를 사지 않고 학문하는 것이 고상하다고 여길 일은 못 된
다. 그러나 그런 일에 마음을 오래 쓰면 인생의 헛된 함정에 빠지기
쉬우므로, 항상 마음을 착실하고 꼼꼼하게 가다듬어 타락하지 않도
록 힘써야 한다.

고요히 마음을 가다듬어
동요하지 않음이
마음의 근본이다.

退溪 李滉

어진 이는 山, 지혜로운 이는 水

'산을 좋아하고 물을 좋아한다'는 공자의 말씀은, 산이 어질다거나 물이 지혜롭다고 한 말이 아니다. 또한 사람과 산수山水의 본바탕이 본래 동일하다고 한 말도 아니다.

다만 어진 이는 산과 비슷하기 때문에 산을 좋아한다고 말한 것으로, 비슷하다고 함은 다만 어진 이와 지혜로운 이의 기상과 뜻을 가리켜 한 말이다.

어짐과 지혜로움의 이치는 미묘하여 알기 어렵기 때문에, 여기서 기상과 뜻을 가리키고 반복하여 표현하였으니, 이것은 사람들이 그 형상을 통하여 근본을 구하고 모범을 삼게 하려는 것이지, 산과 물에서 그것을 구하게 하려고 한 것은 아닐 것이다.

그러므로 산과 물을 좋아한다는 '요산요수樂山樂水'라는 두 요樂의 뜻을 알려면, 마땅히 어진 이와 지혜로운 이의 기상과 뜻, 생각을 따져보면 된다. 그리고 그것을 내 마음에 돌이켜 결과를 얻어야 한다.

참으로 내 마음에 어진 지혜의 결과가 충만하여 밖으로 나타난다면, 요산요수는 간절히 구하지 않더라도 자연히 그 즐거움이 있게 된다.

그렇게 힘쓸 줄은 모르고 한낱 높고 푸른 것만 보면서 '내가 이것으로 어진 이의 즐거움을 얻는다' 하고, 또 끝없이 넓게 흐르는 물만 보면서 '내가 이것으로 지혜로운 이의 즐거움을 얻는다' 하면, 넓고 아득하여 구할수록 더욱 멀어지지 않을까 염려스럽다.

그러므로 '어진 이가 산과 같다'는 것은 옳지만, '어짊(仁)이 산의 본바탕'이라 한다면 전체의 어짊이 아니다.

'지혜로운 자가 물과 같다'는 것은 옳지만 '지혜가 본바탕'이라 한다면 '지智(지혜, 또는 앎)'라고 이름한 본래의 뜻이 아니다. 대개는 사람과 산수의 본바탕이 본래 동일하다는 것만 알고 나뉘어 다른 것은 알지 못하는데, 이것은 잘못이다.

李
滉

195

지나친 욕심을 버려라

일이란 좋은 일과 나쁜 일, 큰 일과 작은 일을 막론하고, 그것을 마음속에 오래 두어서는 안 된다.

이 '둔다'는 글 뜻은 한 군데 붙어 얽매여 있음을 말하는 것으로, 꿍꿍이속을 품거나 나쁜 일을 조장하고 이익만을 따지는 여러 가지 폐단이 주로 여기에서 생기기 때문에, 결코 마음에 새겨두어서는 안된다는 것이다. '일'이라는 한 글자도 사실 알기 어려운 말이다.

이른바 '마음에 두는 것도 아니요, 아니 두는 것도 아니다'란 것이 곧 이 '일'이란 글자의 속뜻이다. 고요히 생각하면 하늘의 이치를 키우지만, 움직이면 곧 욕심이 생긴다. 그것이 싹트는 기미를 보일 때에는 바로 잘라버려야 한다.

이렇게 참된 공부가 쌓이고 노력이 오래되어 순수하게 숙달되면, 일상생활에서 비록 백 가지 천 가지 일이 생겨나고 사라지더라도 마음은 제 자리에 굳건히 자리 잡는다. 그래서 잡스런 생각들이 절로 물러나, 나의 걱정이 될 수 없는 것이다.

무슨일이든정신을한데모아라

글씨를 쓸 때엔 마음을 하나로 통일시켜야 한다.

글자 자체가 좋거나 나쁨을 미리 기대하지 말고, 오로지 글자 쓰기에 정성을 기울인다. 쓴 글자가 교묘하거나 치졸한 것은 그 사람의 타고난 자질의 분수와, 공부한 노력에 따라 절로 결정될 뿐이다.

이러한 옛 성현들의 태도는 '기氣(만물을 생성하는 근원, 또는 그 힘)을 기르는 데에서는 반드시 의로움을 모아서 하고, 그 결과를 마음에 전혀 두지 말라. 이 일을 절대 잊지 말고 무리하게 꾸미지 말라'는 것이었다.

그런데 이러한 성현의 '마음의 법心法'은 반드시 글씨를 쓰는 데에만 해당되는 것이 아니다. 그래서 주자 또한 '일一이 그 가운데 있으면 모든 점과 획이 절로 이루어진다. 뜻을 멋대로 버려두면 글씨가 거칠어지고, 예쁜 것을 취하면 글씨가 흐트러진다'고 했던 것이다. 여기서의 일一이란 곧 정성을 말한다.

李滉

197

남을 통해 스스로의 선악을 찾으라

말을 타고 길을 갈 때 경치는 그곳에 객관적으로 놓여있는 것이지만, 사물에 관해 시를 읊는 것은 사람의 몸과 마음이 함께 관계하는 일이다. 여기서도 어찌 정성을 첫째로 치는 원칙을 의심할 수 있겠는가?

이것은 독서할 때의 책 읽는 것이나 외출할 때 옷 입는 것에만 주력하라는 말과 비교해도 큰 차이를 보여주는 게 아니다.

예를 들면 동쪽을 바라보면서 그쪽으로만 고개를 돌렸을 때, 시선이 좇아가지 않더라도 마음은 이미 새가 앞에 날아가는 것을 헤아리는 경우와 같다.

사람의 마음이 안정돼 있지 않으면, 그것은 다른 곳을 따라 날아가고 달려가게 된다. 그것은 또 '고개를 돌려서 애써 새를 보는 것'과 같은 것이니, 몸은 이곳에 있으면서 마음은 저쪽으로 달려가는 것을 뜻한다.

사물이 통과하여 비치는 거울은, 마치 불이 하늘 가운데에 밝게 탐으로써 만상萬象(온갖 물건의 드러난 현상)이 두루 비치는 것과 같고,

응달진 벼랑의 뒷면이나 산간의 오두막집에 아랫부분으로 스며드는 것과 같다.

이 두 가지 말은 매우 비슷한 것 같지만 실상은 크게 다른 것이다.

자신에게서 구하는 것과 남이 나에게서 구하는 것은, 군자와 소인의 마음씀씀이 구분되는 가름길이다. 남의 선악을 보고 스스로의 선악을 찾아내는 사람이 바로 군자인 것이다. 자신을 돌아보고 허물을 고치면서 착한 데로 나아가, 결점을 살펴서 고치는 곳에 어찌 사사로움이 용납되겠는가?

남들을 비평하는 사람들의 단점은, 자기 스스로를 닦는 데 힘쓰지 않고 남의 장단점을 비교하는 데에 있다. 이것은 그 마음이 바깥으로만 치달을 뿐 스스로를 다스리는 데에는 소홀하기 때문이다.

자신을 닦아 스스로의 시비를 판단하는 사람은, 이같은 무리들과는 그 마음씀씀이 결코 같지 않다. 모름지기 우리의 마음이 그 바름을 얻었을 때는 하늘과 아버지, 땅과 어머니가 같고, 모든 사람이 형제자매처럼 되며, 만물과 내가 하나로 된다. 모든 것이 뒤섞여 용납되며, 측은하고 근심스러워지면서 안과 밖, 멀고 가까움이 차이가 없어진다. 이렇게 되면 부모를 섬기는 것과 하늘 섬기는 것이 진실로 하나의 이치로 통하는 것이다.

눈을 들면 보이는 것은 온통 이 일 아닌 게 없고, 숨 한 번 쉴 동안의 정지도 용납되지 않으면서 뜻과 생각이 분명해진다.

李滉

게으름이 가장 큰 죄악

공부는 뒤로 미루지 말고 순간순간 항상 정진해야 한다.

머뭇거리지 말고 어디에서나 힘써야 한다. 허심탄회하게 이치를 관찰할 뿐 선입견을 두지 말며, 꾸준히 배움을 쌓아 익힐 것이지 짧은 시간 안에 효과를 바라서는 안 된다.

완전히 내 것이 되지 못했을 경우에는 내버려 두지 말고 평생 노력해야 한다. 이치가 완전히 이해되고 하나로 되는 것은 모두 깊이 쌓은 후에 자연스레 얻어지는 것이다.

한 순간에 문득 깨달았다는 사람들처럼, 어지럽고 아득한 가운데 그림자만 얼핏 보고서 큰일은 다 끝났다고 떠들어대면 안 된다. 그리하여 깊이 궁리한 다음 실천으로 몸소 옮겨야 비로소 진짜가 되는 것이다.

지금 비록 진리를 깨쳤다 하더라도 겉핥기를 면치 못하거나, 지식을 유지하고 있다 하더라도 혹 한 순간이라도 이를 잃어버리면, 그에 따라 일상생활은 한없이 문란해지기 쉽다. 처음 배울 때에는 이치를 보는 것이 진실되거나 절실하지 못하고, 지식을 유지하기가 참으로 어려운 법이다. 이 또한 우리 모두의 근심거리이다.

돌이켜 세상 사람들을 볼 때 훌륭한 재주와 뛰어난 지식을 가진 이들이 한둘이 아니지만, 벼슬을 얻지 못한 사람은 과거공부에 얽매여버리고, 이미 벼슬을 얻은 사람은 이해득실에 빠지기 쉽다. 비록 뜻이 있어도 용기 있게 행동하지 못하는 사람들이 한없이 많은 것이다.

그러나 그대의 뜻은 이들과는 다르다.

그대가 어렵지 않게 결단을 내린 점에서 그것을 알 수 있다. 그러므로 그대가 진실로 그러한 결단의 마음을 잘 확대하여 처세한다면, 비록 과거공부나 이해득실 문제가 눈앞에 닥치더라도 보통 사람들처럼 그렇게 살지는 않을 것이다.

李滉

길은 어디에나 열려 있다

　궁리窮理(사리나 이치를 따지고 연구함)는 복잡한 것이니만큼 한 가지 방법에 구애되어서는 안 된다. 그러므로 한 가지 일을 궁리해서 터득하지 못했다고 그에 싫증을 느껴 끝내 다시는 궁리하지 않으려 한다면, 이는 옳지 않다.

　궁리하는 사물이 복잡하고 어려워서 힘껏 탐구해도 통할 수 없거나, 내 모든 재주로는 이를 잘 밝히지 못해 억지로 터득키 어려운 경우라면, 우선 그 일을 놓아두고 다른 것을 궁리해야 한다. 이렇게 이일 저일 궁리하는 가운데 오랫동안 쌓고 깊이 익히면, 자연히 마음이 점점 밝아지고 진리가 눈앞에 드러나게 될 것이다.

　이때에 지난 번 풀지 못했던 미세한 뜻의 실마리를 다시 잡아내, 이미 터득한 지식을 응용해서 살피면, 자기도 모르는 사이 전에 풀리지 않던 것이 함께 일시에 깨달아질 수 있다.

　이것이 바로 궁리의 활용법이다. 궁리하다 풀리지 않으면 그만두라는 말이 아니다.

　한 가지 일이 완전히 궁리 터득된 다음 조금씩 순서에 따라 나가야

한다는 게 바로 궁리의 대원칙이다. 이와 같이 한다면 그 모든 의미
가 더욱 깊어질 것이다.

李滉

세상을 위한 학문이어야 한다

우리나라 선비로서 도를 실행하고 의로운 일을 선망하는 데 뜻이 있는 사람은, 대개 세상의 화禍를 입었다.

이것이 비록 땅이 좁고 인심이 야박한 까닭이라 할지라도 역시 그 자신의 행위에 부족함이 있어 그러한 것이다. 그 부족함이란 다름이 아니다. 학문이 지극하지 못하면서도 지나치게 높이 자처하고, 때를 헤아리지 못하면서도 세상을 다스리려는 데에는 잽싼 탓이다. 이것이 그 실패를 가져오는 지름길인 만큼, 큰 이름을 갖고 큰일을 맡는 사람이 절실히 삼가야 할 일이다. 그러므로 자신을 위하는 길에서도 지나치게 높이 자처하지 말아야 하고, 세상을 다스리는 일에도 서둘러 만용을 부리지 말아야 한다.

무릇 자신의 주장에 절대로 지나침이 없게 하라. 그리고 이미 출세의 길로 나섰을 땐 나라의 살림을 열심히 꾸려가야 한다.

그리하여 세상에 나아가 벼슬할 때에는, 그 맡은 책무의 걱정거리를 주로 생각하는 이외에, 항상 한 걸음 물러서고 한 번 머리 숙여 학문에 전념하면서 '나의 학문이 지극하지 못한데 어찌 나라살림의 책무를 맡는가' 자문해야 할 것이다.

시대가 내 뜻과 다를 때에는, 밖의 세상일에는 관계하지 않고 쉴 것을 청한다든지 혹은 물러설 것을 도모하라. 학문에 전념하면서 '나의 학문이 부족하므로, 다시 조용히 닦아 나아가도록 할 때가 바로 지금'이라고 다짐해야만 한다.

이와 같은 것을 오래도록 기약하여, 나아가거나 물러나거나 학문을 우선으로 삼아야 한다. 진리의 무궁함을 깊이 깨닫고 항상 스스로 부족하다는 생각을 지니라.

내 허물 듣기를 기뻐하고, 착한 일하기를 즐기며 참다운 노력을 오래 쌓는다면, 도道가 이루어지고 덕德이 절로 넓혀질 것이다. 세상을 다스리고 도를 행하는 책임은 이 경지에 이르러야 비로소 맡을 수 있다.

선비가 한 번이라도 나랏일에 나서면 모두들 낚시에 걸린 고기 꼴이 되고 만다. 그중 꼿꼿하고 악을 미워하는 사람은 화를 당하기 일쑤이고, 이리저리 아부나 하는 나약한 사람들은 서로를 조심하여 너무 모나거나 아니면 굽실거리는 작태뿐이다. 이 두 경우가 다 안타깝다.

출발할 때 이미 소문이 사방에 퍼져, 덕을 깊이 쌓지도 못했는데 갑자기 정치를 맡는다면 스스로 화를 자초하는 일이 될 것이고, 남들이 전혀 믿어주지 않는 상태에서 어리석게 자신을 자랑해대면 스스로 몸을 욕되게 하고 말 것이다. 앞사람들의 패망을 살펴보면 모

李滉

두 여기에서 비롯되었다.

　그러므로 학문에만 오로지 힘쓰고자 한다면 나랏일에 나서지 말고 물러나 있는 게 제일 바람직하다. 불나비가 불에 뛰어드는 것 같은 일이나, 높은 담장 아래 서서 깔려 죽는 일을 자초하는 것은 도리가 아니다.

　부득이 정치를 하는 사람들의 경우에는 각기 직분과 책임을 다하는 것이 당연하다. 그러나 목숨을 버리고 의리를 취하는 데에는 반드시 확실한 법칙이 있다. 이는 이른바 '일찍 죽거나 오래 사는 데 개의치 않고 덕을 닦아 죽음을 기다린다'는 것이다.

　출세길로 나아가거나 물러나는 일을, 이와 다르게 볼 것이 아니다.

생명을 사랑하면 도덕을 얻는다

순수한 어린이의 마음은 욕심이 물들지 않은 양심이지만, 어른이 되면 벌써 욕망에 눈을 뜬다. 어른 된 마음이란 의리가 다 갖추어진 이성과 판단력이 있다는 것을 의미한다. 그리고 그 도덕심이란 곧 의리를 깨달은 것을 말한다.

이것은 두 가지의 마음이 따로 있다는 것이 아니다.

바깥 사회생활을 하다 보면 누구나 그에 따른 인생이 없을 수 없고, 생명을 사랑하면 자연히 도덕심을 이루게 되는 것이다.

李滉

나라를 다스리고 사랑하는 길
—《성학십도》머리글 중에서

임금의 마음은 온갖 정치가 나오는 자리이며, 온갖 책임이 모이는 곳이다. 뭇 욕심이 침공하고, 뭇 간사함이 갈마들며 침해하는 곳이다.

그 마음이 만일 조금이라도 태만하고 소홀해지면서 방종하다면, 마치 산이 무너지고 바다가 들끓는 것과 같아서, 그 누구도 막아낼 수가 없다.

옛날의 성스럽고 현명한 황제나 군왕은 이런 점을 걱정하여, 항상 조심하고 두려워하는 태도로 하루하루를 삼가 지냈다. 그러면서도 오히려 미흡하다고 여긴 나머지 스승을 세워 가르침을 받았고, 바른 말 올리는 직책을 두었으며, 전후좌우에 늘 보필하는 사람이 있게 하였다.

소반이라든가 밥그릇·책상·지팡이·칼·들창문에 이르기까지, 무릇 눈길이 닿는 곳과 몸이 머무는 곳에는 어디나 교훈 되는 문구가 없는 곳이 없었다. 그 마음을 유지하고 몸을 지키게끔 하는 것이 이토록 지극하였다.

그런 까닭에 덕이 날로 새롭고 나라살림이 날로 번창하여, 티끌만

한 허물도 없게 되고, 나아가 큰 이름을 남겼다.

대개의 군주들이란 하늘의 명령을 받고 왕위에 오른 만큼 그 책임이 지극히 크고 무겁건만, 어떻게 되어서인지 스스로 몸과 마음을 닦는 것은 하나같이 게으르기 십상이었다. 그러면서도 불손한 태도로 스스로를 성자인 체하는가 하면, 오만한 태도로 수많은 백성들 위에서 교만을 떨었다.

이러한 태도가 결국 나라를 파멸의 길로 이끄는 것이 어찌 이상한 일이겠는가?

일찍이 맹자는 '마음의 기능은 생각하는 것이니, 생각하면 이해되고 생각하지 않으면 이해되지 않는다'고 하였다. 무릇 마음이란 가슴 밑에 있는데 지극히 나약하고 미묘한 것이다. 이성이야 말로, 지극히 확실하고 알찬 것이다.

지극한 마음으로 확실하고 알찬 이치를 구하면 틀림없이 이해하지 못하는 게 없을 것이다.

그러나 잡념이 없이 마음이 영묘할지라도, 만일 마음을 다스리는 능력이 없으면 일을 앞에 당하고도 생각하지 않게 되고, 품은 생각이 확실하더라도 해결책을 찾아 처리하려는 마음이 없으면, 그것이 항상 눈앞에 있어도 보이지 않는다.

공자는 '배우기만 하고 생각하지 않는다면 어두워지고, 생각만 하면서 배우지 않는다면 위태로워진다'고 하였다.

배움이란 그 일들을 익혀 참되게 실천하는 것을 말한다. 원래 학

李滉

문이란 마음을 떠나서는 어두워져 깨우칠 수 없다. 그런 까닭에 반드시 생각하여 그 미묘한 점에까지 이르러야 하며, 그렇게 하고서도 그 일을 익히지 않으면 위태로워 불안하므로, 반드시 배워서 그것을 실천해야 한다. 생각과 배움은 서로서로 도움을 주는 것이다.

지도자의 태도를 유지하는 것이 곧 생각과 배움을 겸하고, 마음과 행동을 합치시키고, 드러난 것과 숨겨진 것을 한 가지가 되게 하는 도리이다.

정성스런 태도를 유지하는 방법은 반드시 이 마음과 몸을 깨끗이 엄정하게 가지며, 정신을 조용히 통일시킨 상태 속에서 이에 대한 이치를 배우고, 묻고 생각하며 분별하는 것이다. 항상 궁리하며, 남이 보거나 듣지 않는 곳에서도 자신을 경계하며, 두려워하는 것을 더욱 엄숙하고 공경스럽게 하며, 혼자만 있는 은밀한 곳에서도 자신을 되돌아보고 살피는 일을 더욱더 정밀하게 하는 것이다.

어느 한 일을 익힐 때는 그 일에만 전념하여, 마치 다른 일이 있는 것은 모르는 듯이 해야 한다. 아침저녁으로 변함없이 그렇게 해야 하고, 오늘과 내일, 날마다 계속해야 한다. 혹은 새벽녘 정신이 맑을 때 되풀이하여 그 뜻을 음미해 보기도 하고, 혹은 일상생활 속에서 사람과 상대할 경우에도 그것들을 경험하면서 키워가야 한다.

그렇게 하면 처음에는 부자연스럽고 모순되는 난점이 생기거나, 때로는 극히 고통스럽고 불쾌한 일들도 없지 않겠으나, 이러한 것은 바로 '장차 크게 나아갈 기미'이며 또한 '좋은 소식의 징조'이니 절대로 그만두어서는 안 된다. 한결같이 더욱더 자신을 가지고 힘을 기울여야만 한다.

그리하여 진리를 많이 쌓는 한편 오랫동안 힘을 기울이면, 자연히 마음과 이치가 서로 영향을 미치어 모르는 사이 모든 것을 환히 꿰뚫듯 이해하게 된다. 익히는 것과 그 익혀진 일이 서로 익숙해져 점차로 순탄하고 순조롭게 행해지는 것이다.

이것이야말로 맹자가 말한 '학문을 깊이 파고들어 스스로 깨닫는 경지'이며, 살아있는 동안에는 그만두지 못할 경험이다.

李滉

하늘의 뜻을 거역하지 말라

하늘은 아버지며 땅은 어머니라고 한다.

나는 매우 작은 존재로서, 자연히 그 가운데에 자리하고 있다. 그러므로 천지 사이에 들어찬 것은 나의 몸이며, 천지를 이끄는 원리는 나의 본성이다.

모든 사람들이 다 나의 동포이며, 모든 사물이 나와 같은 친구이다. 나이 많은 사람을 높이는 것은 그 어른을 어른으로 섬기는 근본이며, 외롭고 약한 사람을 불쌍히 여기는 것은 그 어린이를 어린이로 보살피는 근본이다.

성인이란 그 덕이 천지와 더불어 합치되는 사람이며, 현인이란 무엇이든 빼어난 사람이다. 이 세상의 늙고 허약한 사람이라든가, 병들어 고통을 받는 사람이라든가, 형제가 없는 사람이라든가, 혹은 자식이 없는 사람이라든가, 혹은 홀아비나 과부와 같이 의지할 곳 없는 외로운 사람들은, 모두 다 나의 형제가 심히 곤란한 처지를 당하고서도 호소할 데가 없는 경우와 같다.

하늘의 뜻을 보존하는 것이 내가 세상의 아들로서 천지를 공경하는 것이며, 늘 즐거워하고 근심하지 않는 것이 부모에게 효도를 온전하게 하는 것이다.

이와 같이 하지 않고 천명을 어기는 것을 패덕悖德이라 하고, 어진 일을 해치는 것을 도둑이라 한다. 악한 일을 더하는 자는 못난 놈이고, 하늘로부터 천성에 따라 행동하는 것은 대개 부모를 닮는 경우가 많다.

천지의 조화를 알면 그 부모의 사업을 잘 이어가며, 그 조화 속의 오묘함을 다 알면 그 부모의 뜻을 잘 계승하게 된다.

남이 보이지 않는 방구석에서도 부끄럽지 않는 것이 부모를 욕되게 하지 않는 일이며, 마음을 보존하고 착한 본성을 기르는 것이 부모를 제대로 섬기는 일이다.

李滉

덕을 높이고 학업을 넓혀라

봄·여름·가을·겨울의 원리는 하늘의 불변의 법칙이고, 인仁·의義·예禮·지智는 인간이 가다듬어야 되는 본성이다. 이 인간의 본성들은 원래 착하지 않은 것이 없다.

어버이를 사랑하고 형을 공경하며, 임금께 충성하고 어른에게 공손히 하는 바로 이것이 타고난 본성이다. 이것은 자연스럽게, 또 순리적으로 되는 것이지 억지로 되는 게 아니다.

하지만 성인만이 그 본성이 자연스럽게 실현되어 하늘과 같이 넓어지고, 털끝만한 힘을 더하지 않아도 온갖 착함이 다 갖추어진다.

보통 사람들은 어리석어 물욕에 눈이 어두운 나머지 그 도리를 무너뜨리고, 서슴없이 자포자기의 상태에 빠진다.

밝은 본성은 환하여 안팎이 없다.

덕을 높이고 학업을 넓혀야 곧 본래의 본성을 회복하게 된다.

세상은 많이 변했다. 어진 사람들은 사라져 갔으며, 예의범절이 없어지고 교육마저 해이해져, 어린이의 양육이 바르지 못한 때에 우리는 살고 있다. 이 아이들이 자란 뒤에는 더욱 경박하고 사치스러

워질 것이다. 좋은 풍습이 점차 없어지고, 지혜롭고 착한 인재가 드
물며, 사리사욕으로 뒤얽혀 싸우는 소리가 시끄럽다.

그러나 인간의 본성은 하늘에 표준을 둔 것이어서 결코 없어지지
는 않는다.

李滉

작은 개미도 소중히 여겨라

　배울 때에는 옷차림을 바르게 하고, 눈매를 똑바로 하고, 마음을 가라앉혀 공부해야 한다.

　외출할 때에는 발놀림을 무겁게 할 것이며, 손가짐은 반드시 공손하게 해야 하고, 땅은 가려서 밟아, 하찮게 여기는 작은 개미까지도 밟지 말고 돌아서 가라.

　문을 나설 때는 손님을 뵙듯 해야 하며, 일을 할 때는 제사를 지내듯 조심조심하여, 혹시라도 작은 실수가 없도록 해야 한다.

　입 다물기를 병마개 막듯 하고, 잡념 막기를 성곽처럼 튼튼히 하며, 성실하고 진실하여 조금도 경솔함이 없어야 한다.

　동쪽을 가야 할 때 서쪽으로 가지 말고, 북쪽을 가야 할 때 남쪽으로 가지 말며, 일을 할 때에는 오직 그 일에만 마음을 두어, 그 마음 씀씀이 다른 데로 가지 않도록 한다.

　두 가지, 세 가지 일로 마음을 두 갈래 세 갈래 내는 일이 없어야 한다. 오직 마음이 하나가 되도록 모아, 만 가지 변화를 살피도록 한다. 이러한 일들을 그치지 않고 일삼는 것을 곧 '정성을 지닌다' 하니, 움직일 때나 조용할 때나 어그러짐이 없고, 겉과 속이 서로 바로잡히도록 하라.

잠시라도 틈이 벌어지면 나쁜 욕심이 만 가지나 일어나, 불꽃도 없이 뜨거워지고 얼음 없이도 차가워진다.

또한 털끝만큼이라도 어긋남이 있으면, 하늘과 땅이 자리를 바꾸고 삼강오륜이 땅에 떨어지게 된다. 그러면 배움 또한 못 쓰게 될 것이다.

李滉

모든 이웃을 내 몸같이 하라

어진 사랑이란 만물을 창조하는 천지의 마음이며, 또한 이것을 얻어 사람의 마음으로 삼는 것이다. 천지 변화가 아직 생기기 전에도 마음은 갖추어져 있었지만, 오직 어진 사랑만이 4계절을 포함한다. 그러므로 어진 사랑은 모든 것을 온전하게 하는 것이며, 포괄하지 않음이 없다. 천지의 마음은 그 특성을 네 가지로 갖고 있다. 봄·여름·가을·겨울이 그것이다.

이것들이 운행하여 봄·여름·가을·겨울의 차례로 되는데, 이 중에서도 봄을 만드는 기운은 네 계절에 통하지 않는 것이 없다.

그러므로 사람의 마음에도 네 가지의 덕이 있다.

곧 인·의·예·지가 그것인데, 인은 다른 덕을 모두 포함한다. 네 가지 덕이 발동하면 사랑과 공경심, 아름다움과 헤어짐이라는 정情으로 되는데, 측은의 마음, 즉 사랑이 그것이다.

참으로 어진 사랑을 체험하여 보존할 수만 있다면, 모든 선의 원천과 백 가지 행위의 근본이 다 여기에 있다. 이것이 바로 공자님의 가르침이 반드시 배우는 사람으로 하여금 '어진 사랑을 찾는 일'에 두는 까닭이다.

공자의 말씀에 '극기하여 참사랑을 알면 어진 사랑을 하게 된다'고 한 바 있다.

이는 무엇을 말한 것인가. 자기의 나쁜 마음을 이겨내고 하늘의 뜻에 돌아갈 수 있으면 이 마음의 본체가 다 생기며, 이 마음의 작용이 다 이루어지게 됨을 이르는 것이다. 집에 있을 때에는 공손한 태도를 가지며, 일을 볼 때에는 정성의 태도를 가지고, 남을 대할 때에는 받드는 태도를 가지는 것이 역시 이 마음을 보존하게끔 하는 근거이다. 효도로써 어버이를 섬기고, 우애로 형을 섬기고, 너그럽게 사물을 다루는 것, 이 역시 마음을 잘 다스리게 하는 근거이다.

이 마음은 어떤 마음인가?

세상에서는 만물을 낳는 마음이고, 사람에게서는 사람을 사랑하고 만물을 이롭게 하는 마음이다.

李滉

선과 악의 갈림길

주자는 아래와 같이 말했다.

"사람이란 하늘과 땅의 뜻을 받고 태어나므로 아무 느낌도 없을 때는 순수하고 깨끗하다. 온갖 원리를 갖추고 있으니 이른바 본바탕이 그것이다. 그러나 사람들에게 이 본바탕이 있게 되면 곧 형상이 생겨나고, 형상이 있게 되면 곧 마음이 생겨나 사물에 대한 느낌이 나온다. 사물에 감동되면 본능의 욕구가 나오고, 여기에서 선과 악이 갈리게 된다. 이 본능의 욕구가 곧 정情이라는 것이다."

이 말은 비록 간략하지만, 이치만은 인간의 타고난 성품에 관한 모든 뜻을 남김없이 말해 주고 있다. 그런데 이른바 정이란 '희·노·애·구·애·오·욕'이라는 것으로서 《중용》의 '희·노·애·락'과 동일한 정의이다.

이미 마음이 있으면 자연히 사물에 대한 느낌이 생기므로, 정이 우주의 본체와 그 현상을 겸한 것임을 알 수 있다. 사물에 감동되면 선악이 여기서 나뉜다. 그래서 이 정에 선악이 다 들어있음을 또한 알 수 있다.

두 가지, 세 가지 일로
마음을
두 갈래, 세 갈래 내는 일이
없어야 한다.

退溪 李滉

마음과 몸을 닦아라

《대학》의 뜻은 본성을 밝히는 데 있고, 백성을 새롭게 하는 것에 있으며, 지극히 착한 경지에 머무는 데 있다.

머무를 데를 안 뒤에야 목적이 있고, 목적을 정한 뒤에야 동요되지 않을 수 있으며, 동요되지 않은 뒤에야 편안할 수 있다. 편안한 뒤에야 생각할 수 있고, 생각한 뒤에야 얻을 수 있다.

느낌에는 근본과 이유가 있고, 일에는 시작과 끝이 있으니, 먼저 하고 나중에 할 것을 알면 정의에 가까워질 것이다.

옛날 큰 덕을 천하에 밝히려는 사람은 먼저 그 나라를 다스렸고, 그 나라를 다스리려는 사람은 먼저 그 집안을 바로잡았고, 그 집안을 바로잡으려는 사람은 먼저 그 몸을 닦았고, 그 몸을 닦으려는 사람은 먼저 그 마음을 바르게 하였고, 그 마음을 바르게 하려는 사람은 먼저 그 뜻을 참되게 했고, 그 뜻을 참되게 하려는 사람은 먼저 그 앎을 투철히 했으니, 앎을 투철히 함은 사물의 이치를 밝히는 데 있다.

사물의 이치가 밝혀진 뒤에라야 앎이 투철해지고, 앎이 투철해진 뒤에라야 뜻이 진실해지고, 뜻이 진실해진 뒤에라야 마음이 바르게 되고, 마음이 바르게 된 뒤에라야 몸이 닦아지고, 몸이 닦이고 난 뒤에라야 집안이 바로잡히고, 집안이 바로잡히고 난 뒤에라야 나라가 다스려지고, 나라가 다스려진 뒤에라야 천하가 화평해진다.

지도자에서 백성에 이르기까지, 한결같이 다 몸을 닦는 것으로써 근본을 삼아야 한다.

그 근본이 어지러우면 백성이 다스려지는 법이 없으며, 후덕하게 해야 할 데에 야박하게 굴고, 야박하게 해야 할 데에 후덕해진다.

李滉

밤은 곧 아침으로 돌아온다

이른 새벽에 잠이 깨면, 이런저런 생각이 점차로 일어나는 법이다. 바로 그때 조용히 마음을 가다듬는다. 맑은 공기를 마시며 과거의 허물을 반성하기도 하고, 혹은 새로 깨달은 것을 생각해내어, 차례로 조리 있게 세워 분명하게 이해하여 두라.

근본이 세워졌으면 그 자리에서 바로 일어나 세수하고 옷매무새를 바로 하고, 단정히 앉는다. 이 마음 이끌기를 마치 솟아오르는 해와 같이 밝게 한다. 마음의 상태를 엄숙하게 갖고 책을 펼쳐 성현들을 대하면, 공자께서 자리에 계시고, 여러 성현들이 앞뒤에 계실 것이다.

성현의 말씀을 공손히 경청하고, 학우들의 질문을 반복해서 참고해 바로잡아야 한다.

그리고 곧 실천으로 옮겨야 한다. 하늘의 뜻은 밝고 밝은 것, 항상 여기에 눈을 두어야 한다. 일을 끝내고 난 다음에는, 나는 곧 예전의 나로 되돌아가야 한다. 마음을 고요히 갖고, 정신을 한데 모으며 잡념을 버려야 한다. 자연의 움직임이 순환하는 중에도 마음만은 이것을 볼 수 있다.

날이 저물고 사람이 권태로워지면 흐린 기운이 엄습하기 쉬우니, 정중히 가다듬어 밝은 정신을 떨쳐야 한다.

밤이 늦어지면 잠자리에 들되, 손을 가지런히 하고 발을 모은다. 잡생각을 일으키지 말고 심신이 돌아와 편히 쉬게 한다. 그 심신을 양심으로써 밝게 길러 나가라.

밤은 곧 아침으로 돌아오느니, 이것을 항상 마음에 새기라. 그리고 밤낮으로 쉬지 말고 부지런히 힘써 나가야 한다.

李滉

물 속의 달은 달이 아니다

달이 여러 시냇물에 비치매, 곳곳마다 둥근 달이 있다는 이야기는 옳지 않다. 하늘이든 물속이든 비록 같은 하나의 달이라 하더라도, 하늘의 것은 진짜이지만 물 속의 것은 달그림자일 뿐이다.

그러므로 하늘의 달을 가리키면 실상을 얻지만, 물 속의 달을 잡으려 하면 얻지 못한다. 대체로 물에 있는 달은 물이 고요하면 달도 고요하고, 물이 움직이면 달도 움직인다.

그 움직일 때만 하더라도 그렇다.

고요히 흐르는 물, 모습이 또렷이 드러날 정도로 맑은 물에서는 달의 움직임은 아무 방해도 받지 않는다.

그러나 물이 아래로 급히 흐르는데 바람이 불어 물결을 일으키거나 돌에 부딪혀 물을 튕기면, 달은 부서져 이리저리 번득이다가 심하면 마침내 없어지고 만다.

고요한 때는 정숙하고 움직일 때는 살펴야 하지만, 마음이 두 갈래 세 갈래로 갈려서는 안 된다. 독서하고 남은 사이에는 틈틈이 쉬면서 정신을 가다듬고 인격을 길러야 한다.

참고도서

- 《퇴계선집》 이황 지음 | 윤사순 역주(현암사)
- 《자성록》 이황 지음 | 도광순 역주(삼중당)
- 《성학십도》 이황 지음 | 이광호 옮김(홍익출판사)
- 《율곡의 사상》 김영수 역해(일신서적)
- 《격몽요결》 이이 지음 | 이민수 옮김(을유문화사)
- 《율곡 이이》 황의동 지음(살림)
- 《율곡전서》 이이 지음 | 이종술 외 편저(한국정신문화연구원)
- 《성학집요》 이이 지음 | 김태완 옮김(청어람미디어)
- 《여유당전서》 전주대호남학연구소 옮김(여강출판사)
- 《유배지에서 보낸 편지》 정약용 지음 | 박석무 편역(창작과 비평)
- 《다산을 찾아서》 고승제 지음(중앙일보사)
- 《다산 정약용 산문집》 허경진 옮김(한양출판)
- 《목민심서》 정약용 지음 | 정해렴 편역(창작과 비평)
- 《대학·중용》 이기동 역해(성균관대학교 출판부)
- 《논어집주》 김혁제 교열(명문당)
- 《논어 에세이》 정주환 편저(문학관)

현재의 모습에 연연하지 않고
무한한 미래의 가능성을 향해
마음을 열고 기다릴 줄 아는 당신,
자신이 하고 싶은 말을 하기보다는
다른 사람의 이야기에 조용히 귀 기울일 줄 아는 당신,
성공한 사람들의 화려함에 취하지 않고
진정한 최후의 승리자가 되기 위해
오로지 묵묵히 한 길을 걸어가는 당신,
다른 이들의 실패를 타산지석으로 삼을 줄 아는 당신,

당신은 진정 지혜로운 사람입니다.

.

.

.

.

그리고
아름다운 세상
아름다운 책
아름다운 사람인
아인북스가 함께 합니다.